Rubys Welt –
Ein Hund zum Verlieben

AF285800

Buch

Dieses Buch erzählt die kleinen authentischen Geschichten eines jungen und sehr charmanten Australian Shepherd Rüden Namens Ruby.

Er erzählt die bunte Welt aus seiner Sicht, humorvoll, selbstironisch und zum schmunzeln witzig. Mit einer großen Portion Humor von Hund und Halterin über ein liebevolles und partnerschaftliches Miteinander und einem klaren Blick für das Wesentliche eines turbulenten und sehr lustigen Hundelebens.

Autorin

Kirsten Kohl wurde in Hamburg geboren und ist dort aufgewachsen, ist gelernte Kosmetikerin und psychologische Beraterin.

Nach ihrem ersten Buch „Mein kleiner Rackerdoll - Eine Liebe auf 4 Pfoten" hat sie jetzt ein weiteres Buch zum schmökern und schmunzeln, über ihre charmante Fellnase Ruby geschrieben. Sie lebt glücklich und zufrieden mit ihrer Mutter, den vier Katzen Peppi, Anton, Pünktchen und Fluke, sowie den zwei Kaninchen Tippi & Bonny und ihrer Fellnase Ruby in der Nähe von Grömitz, in der Villa Kunterbunt an der Ostsee.

Deutsche Erstausgabe 2010
Copyright der Originalausgabe by Kirsten Kohl
Herstellung und Verlag:
Books on Demand GmbH, Norderstedt
ISBN 9 783 842 332 577

Die Deutsche Nationalbibliothek verzeichnet diese Publikation in der
Deutschen Nationalbibliografie; detaillierte bibliografische Daten
sind im Internet über http://dnb.d-nb.de abrufbar

Kirsten Kohl

Rubys Welt —

Ein Hund zum Verlieben

Kurzgeschichten

Inhaltsverzeichnis

Mit diesem Buch möchte ich mich bei meiner Mutter bedanken, die uns immer unterstützt und mit guten Ideen stets zur Seite steht.

Bei unseren vier Katzen Peppi, Anton, Fluke und Pünktchen, sowie den zwei Kaninchen die uns allen sehr viel Freude machen, und in Memoriam an Speedy.

Einen besonderen Dank an meine liebevolle Fellnase Ruby, der mich durch seine lustige und liebenswerte Art erst auf die Idee gebracht hat, über ihn authentische Geschichten zum schmökern und schmunzeln zu schreiben.

Bei meinen lieben Freunden Birgit & Buddy, sowie Emma & Herrchen, Ben & Familie und Hanne & Willi für die tolle Freundschaft, die wir mit unseren Hunden führen. Ein herzliches Danke an Euch alle!

Dass mir der Hund das Liebste
ist, sagst du
Oh Mensch sei Sünde,
der Hund bleibt dir im Sturme treu,
der Mensch nicht mal im Winde.

Assisi

Man kann auch ohne Hunde leben,
aber nicht so glücklich.

Reichst du einem Hund deine Hand,
schenkt er dir sein Herz,
bist du einmal traurig und allein,
der Hund wird nicht von deiner
Seite weichen.

Der Hund ist der wahre Freund
des Menschen.

Ruby an der Steilküste

Willkommen in Rubys Welt

Hallo, ich bin der Ruby und möchte Euch von mir erzählen. Ich bin ein dreieinhalbjähriger Australian Shepherd Rüde und nehme Euch mit in meine Hundewelt. Es ist ja auch allerhand Aufregendes passiert, seit mein Nachwuchs auf der Welt ist. Ich bin immer noch der freche Rackerdoll, Frauchens Liebe auf 4 Pfoten. Der eingebildete Machohund, dessen Fell in der Sonne glänzt wie reine Seide, ein hübscher Black Tri in drei klasse Farben, ein Hansdampf an allen Stränden. Der Sockenruby, ein liebenswerter Herzensbrecher, der vor Glück im Kreis grinsen und vor Schönheit kaum noch geradeaus laufen kann, und dabei die Nase so hoch trägt, dass er vor lauter Arroganz oftmals über seine Pfoten stolpert.

Ich hole täglich für Oma Katze (Frauchens Mutter) die Zeitungen von unserem lieben Nachbarn und trage sie selbstverständlich ganz allein in unser trautes Heim. Ich würde noch ganz andere Dinge mit nach Hause tragen, wenn ich dürfte. Nachdem mein Herrchen kurz nach unserem Kennenlernen ganz plötzlich aus meinem Leben verschwand, wurde ich der Rudelführer. Ein Träumer, denn Frauchen lief mir den Rang ab, ohne dass ich es gemerkt habe! Na ja egal, ich versuche ständig mein liebes Frauchen von meinen Führungsqualitäten zu überzeugen, leider nur mit mäßigem Erfolg, oder besser gesagt, ohne jeglichen Erfolg. Ja, wir haben oft Meinungsverschiedenheiten über das Bestimmen, was wir machen, und wann wir was machen, aber im Großen und Ganzen weiß ich, wenn Frauchen mir einen scharfen Blick zu wirft, dann sollte ich Ihr besser die Ansagen überlassen, sonst gibt es wieder einen Anschiss und sie macht einen auf beleidigt. Nur, weil ich mal machen will was ich will? Ja es gibt genug Tage, da merkt sie es gar nicht, wie ich der Bestimmer bin und sie mit meinen Blicken um die Pfoten wickle. Ja das kann ich, so süß gucken mit meinen kleinen braunen Bambi Augen das einem das Herz schmilzt.

Meine kleinen Baby-Nachwuchs Monster, sind alle hier in meiner Nähe geblieben und haben zum Glück ein schönes warmes Plätzchen gefunden. Keiner der kleinen Racker ist in unser Haus gezogen. Das hätte auch noch gefehlt, denn ein Rudelführer ist genug finde ich! Aber einer drolliger als der andere und natürlich superschick genau wie ich, der eine ist mein Ebenbild. Konkurrenz aus eigenem Haus, das hätte mir gerade noch gefehlt. Ich, Buddy und Emma sind hier die Strandchecker.

Wir machen täglich unsere Gegenden unsicher, bis bald mein Nachwuchs versuchen wird, sich in mein Rudel einzuschleichen? Aber sicher nicht mit mir, da kenne ich keine Toleranz. Oft treffen wir meine heißgeliebte Cindy am Strand wieder und Frauchen sucht ganz schnell das Weite. Leider muss ich dann schnell mit, damit Cindy nicht wieder versucht, mich am Strand in einem Gebüsch zu verführen. So wie vor fast zwei Jahren, als Cindy mich bei unseren letzten Treffen um ihre Pfoten wickelte. Damals konnte und wollte ich ihren verliebten Blicken nicht widerstehen. Wir wurden für einen kurzen unbeobachteten Augenblick eins, was nicht ohne Folgen blieb. Jetzt laufen hier noch mehr süße Rackerdolls in unserem Dorf herum. Aber jetzt ist Schluss mit Liebeleien am Hundestrand sagt Frauchen. Fragt mich jemand, was ich denke, wenn ich möchte, und nicht darf? Tja, wenn ich der Rudelführer wäre, aber daran muss ich wohl noch arbeiten.

Eine bunte
Badelandschaft für Ruby

Klasse die Tage werden wieder länger und es ist schon tolles Badewetter, also schleppte Frauchen erst mal einen bunten Swimmingpool mit an und stellte ihn genau zwischen meinen Agillyti Pacour. Wasser rein und fertig. Ich traute meinen Augen nicht, alles voller Vögel in meinem neuen Planschbecken. Die badeten ganz frech in meiner extra für mich aufgestellten Badelandschaft. Ein Paradies für frei lebende Tiere hier oder was? Oh wie süß, säuselte Frauchen, der ganze Garten voller glücklicher Tiere, Vögel, Häschen und natürlich Kater Fritzi, der in meinem Garten täglich auf der Lauer liegt, um mich zu ärgern und zum Blödsinn anstiften will. Und wer bekommt dann wieder den Ärger, nur weil Frauchen glaubt, das ich das Kätzchen wieder animiert habe? Fritzi nicht! Dabei fängt Fritzi immer an und stört mich beim Dösen in der Sonne, haut mir von hinten mit der Tatze auf meinen Hintern, oder erschreckt mich so, dass ich vor Wut über den Kompost Haufen zum Nachbarn in den Garten springe! Als hätte mein Dosenöffner nicht schon genug mit mir und unseren anderen Mitbewohnern im Haus zu tun, kümmert sie sich darum, dass alle Tiere die uns so in unserem Garten besuchen, genug zum Fressen und zum Trinken haben. Und ich stehe wieder mal im Wintergarten am Fenster und scharre mit den Pfoten und schnaube wie ein wild gewordener Stier, meine Nasenlöcher nehmen vor Aufregung die Größe einer Pferdenüster an, und ich belle, was die Stimmbänder hergeben. Ich hatte alles versucht sie zu verjagen, leider ohne Erfolg. Spatzen, Schwalben, Finken & Co hüpften und turnten frech auf meinem Beckenrand umher, badeten und freuten sich ihres Lebens, dann noch rotzfrech ganz dicht an meiner Scheibe vorbei fliegen, um mich so richtig sauer zu machen. Na toll! Frauchen sagt immer, man muss auch gönnen können, das tue ich auch, vor allem mir selbst, eventuell noch meinen Freunden Buddy, Emma & Willi, dann ist aber genug gegönnt, denn eigentlich sollte es ja mein Pool sein.

Mein Spielkorb wird entrümpelt und so einiges an Spielzeug, Leinen und Geschirre, hat mein liebes Frauchen schon aussortiert und sammelt es für Tiere in Not. Leider hat nicht jeder Hund ein so schönes zu Hause wie ich und meine Freunde, wir bekommen alle Tage niedliche Stofftiere, grüne und gelbe Badeenten, Giraffen, Schafe, Kühe sowie Bärchen von Frauchens liebster Freundin, also Buddys Köchin und Spielgefährtin, was für ein Hundeleben. Klasse den ganzen Tag betüttelt werden, na ja, fast den ganzen Tag! Oh wie traurig, dass es so viele Tiere gibt, die nicht ein so tolles zu Hause haben wie wir. Jedes Tier hat es verdient, ein schönes warmes und geborgenes Plätzchen mit vielen Kuscheleinheiten, lecker Futter, einen eigenen Koch, und möglichst ein großes eigenes Sofa, nur für sich zu haben. Habe ich aber leider auch nicht mehr, denn ich darf nicht mehr auf unser gemeinsames Sofa, nur weil Frauchen einen neuen Bezug aufgezogen hat. Macht mir aber nichts aus, ich gehe trotzdem drauf.

Ich wünsche mir noch viel mehr Verständnis für die natürlichen Bedürfnisse, die wir ausleben müssen, das angeborene Verhalten, das tägliche Kommunizieren und Markieren, das wünschen sich Frauchen und ich für alle Tiere, denn sie haben es verdient. Tiere sagt Frauchen sind die liebevollsten Geschöpfe, die es gibt auf unserer Erde, wir müssen behutsam mit ihnen und unserer Natur umgehen, damit es auch so bleibt. Soll sie ruhig sammeln für Tiere in Not, Leinen und Halsbänder brauche ich sowieso nicht, ich gehe lieber nur mit mir und meiner persönlichen Ausstrahlung spazieren, die Leine trage ich meistens selbst oder führe mein Frauchen aus. Ich lasse sie gerne im Glauben, das sie die Richtung vorgibt, man ist schließlich Kavalier.

Ach du dicker Hund, Ruby kann es sein, das du über Winter etwas zugenommen hast, oder liegt es an deinem dicken Teddy Fell? So erst einmal die Rippen abtasten, ob sie noch zu fühlen sind, und dann ab auf die Waage. Aber Entwarnung, alles noch ertastbar, noch immer 30,5 Kg Gewicht, ich bin sicher nicht zu mollig. Ich renne doch täglich stundenlang in der Gegend umher.

Ich kenne jeden einzelnen Baum und Strauch in dieser Gegend. Überall haftet mein Duft, ich hinterlasse immer wichtige Botschaften für meine

Kollegen, die hier vorbei kommen um die Hunde-
news zu lesen. Nach fünf Wochen erneutem Wie-
gen, der große Schock. Also doch fast zwei Kilo
mehr über den Winter angefuttert, wie kann das
sein? Ein dringendes Gespräch mit Emmas Herrchen muss her, obwohl Frauchen sagt, Ruby soll
nicht so viele Leckerlis bekommen, nützt nichts,
Emmas Herrchen neigt zum weg hören und stopft
Ruby immer mit kleinen Leckereien voll. Kaum
am Strand angekommen, sitzen alle drei Hunde im
Kreis und sabbern was der Speichel hergibt, und
dann kommt der Leckere Pansen gleich noch hinterher. Jetzt noch ganz viel Toben und abends
schön den Teppich vollkotzen. Was für eine
Freude, aber sicher nicht für mein Frauchen! Ja sie
hat einen Teppich Tick.Toll wir haben einen roten
einfarbigen Flusen Teppich auf unserem schönen
Holzfußboden, ideal um gleich mal den Pansen
darauf zu kotzen. Warum auch auf den Holzboden
brechen, auf den Teppich ist es doch viel schöner
und zweifarbig ist er jetzt auch! Warum kotzen
Hunde immer auf den Teppich, hat das irgendeinen Sinn?

Mein liebes Frauchen findet das gar nicht so witzig, denn es ist nicht der erste und sicher nicht der
letzte Teppich, den ich ihr versaut habe. Ja der
Gelbe, der war Klasse, aus Sisal, super, dreimal
vollgekotzt und dann hatte sich das auch erledigt.
Der Nächste war beigefarben, dann ein Rosaroter,
ein Grüner und jetzt ein Roter, der nicht mehr
ganz Rot ist. Ja ich bin ein Fellbündel das Frau-

chen um die Pfoten wickelt, ein kleiner Tyrann auf 4 weißen Söckchen und einem sonnigen Gemüt.
Wie kann man einen Hund eine Freude machen, der ständig neue dinge ausprobieren will?
Eine klasse Idee muss her, das Zauberwort heißt Fly- Ball, aber wie geht das? Okay, ein paar große Bälle müssen her und ein Tor vielleicht, hängt ja noch nicht genug in unserem großen Garten rum, also schleppte mein liebes Frauchen haufenweise aufblasbare Strand Bälle an. O ha, die werden wohl nicht lange halten, bis jetzt habe ich noch alles kaputt bekommen und das mit sehr viel Ausdauer und Freude. Kaum im Garten angekommen sind auch schon alle Bälle völlig hinüber die hier so an geschleppt worden sind.

Mein Frauchen wollte es nicht glauben als nur noch haufenweise Fetzen auf dem Rasen rum lagen, hatten wir doch vorher geübt, die Bälle mit der Nase zu bewegen und nicht ins Maul zwischen die Zähne zu quetschen. Treibball üben wir nun im Wasser, den Ball rein werfen, und ich soll sehen, wie ich ihn wieder aus dem Wasser rausbekomme! Ruby, nun hol den Ball, treibe ihn wieder an Land zurück, lautet die Ansage. Ich höre immer nur Ruby links, Ruby rechts, ja was denn nun? Da es sehr schwierig ist im Meer einen Ball wieder ans Ufer zu treiben, hatte ich auch nicht mehr lange Lust dazu, soll sie doch sehen wie die Bälle wieder an Land kommen, ich jedenfalls hatte keinen Bock, ständig im Kreis zu schwimmen und die blöden Bälle, die immer weiter raus trieben, wieder zurück zubringen. Also stellte ich mich wieder auf doof und tat so, als ob ich gar nicht verstehen würde, was sie von mir wollte. Nun sind alle Bälle in der weiten See verschwunden. Na toll Ruby, soll ich ständig neue Bälle kaufen oder wie? Meinetwegen sicher nicht, ich hole sowieso lieber mein einbeiniges hässliches Gummihuhn aus dem Wasser und darauf passe ich auch auf, und wenn ich bis zur anderen Seite der Ostsee schwimmen muss. So wie ich sehe, dass ein anderer Hund scharf darauf ist, werde ich zum Jäger und stürze mich mit rasender Geschwindigkeit auf das Huhn, um es vor Fremdlingen zu beschützen. Das ist mein Huhn und das soll es auch bleiben. Da ich es selbst in der Ostsee gefunden habe und sehr weit raus schwimmen musste, um es an Land zu bringen, behüte ich es sehr. Frauchen hatte Angst dass ich bis zur anderen Seite der Ostsee schwimmen wollte und überlegte schon, mir hinterher zu schwimmen, weil sie glaubte, dass ich es sonst vielleicht nicht mehr zurückgeschafft hätte.

Ich war zwar noch klein, aber schon ein super Schwimmer, denn Wasser ist mein Element. Mein Huhn trägt ein schickes rotes Seil um seinen mickerigen Hals, so dass ich es ganz leicht wieder aus dem Wasser ziehen kann, und es wird damit auch zu einem super Flughuhn. Ich bin eben ein richtiger Wichtigtuer, weil ich Frauchen immer so mit gekräuselter Stirn beobachte und dabei so schelmisch grinse, wie sie versucht, mir ständig neue Spiele beizubringen. Wer will schon den ganzen Tag Bespaßung, ich jedenfalls nicht, mir fällt selbst genügend Blödsinn ein, was man so machen kann, ich suche mir schon eine Beschäftigung. Oder ich zwicke mein Frauchen in ihren Hintern, wenn ich los will und sie nicht schnell

Ruby mit seinem Strandball

genug in die Puschen kommt. Das habe ich schon als kleiner Welpe gemacht, ist so eine Art Hüte verhalten von mir und scheint ganz schön zu zwicken, wenn ich Frauchens Gesichtsausdruck richtig verstehe, ist wohl doch nicht so lustig, wie ich denke, jedenfalls nicht für sie.

Pingo,
Pongo & Perdi ziehen ein

Oh war ich genervt, als unser netter Nachbar drei
ganz kleine und sehr mickerige Schwalbenkinder,
die aus dem Nest gefallen waren, sonntags morgens um halb sieben, bei meinen lieben Frauchen
anschleppte. Sie konnte wieder mal nicht Nein
sagen, wie immer wenn es um Tiere geht, die es
allein nicht schaffen können. Ja es drehte sich tagelang, oder um es genau zu sagen wochenlang
um die kleinen spärlich behaarten Neulinge, die
ohne ihre Hilfe nicht hätten überleben können.

Ja zum Glück hat mein Frauchen ein großes Herz
für alle Tiere und gleich drei passende Namen
noch dazu, Pingo, Pongo und Perdi sollten sie
heißen. Eine ganze menge Optimismus dass sie es
schaffen könnten, ganz viel Liebe, Zuwendung,
und noch mehr Zeit und Nerven. Der Versuch sie
wieder mit Ihren Eltern zusammenzubringen
scheiterte kläglich, also kamen sie mit zu uns in
den Garten und dem riesigen Kaninchenstall, der
unter dem Apfelbaum steht. So, Frauchen fiel
abends spät wie betäubt ins Bett, denn sie musste
ja alle zwei Stunden schreiende und ewig hungrige
Schreihälse füttern. Morgens um sechs Uhr
schlürfte sie mit halb geöffneten Augen in die
Küche, um Mehlwürmer und Vogel Aufzuchtsfut-
ter zuzubereiten, und das alle zwei Stunden?
Ja toll, ich durfte wieder nur vom Fenster aus zu-

sehen, statt sie zu verjagen, die Eifersucht nagte an mir. So saßen sie den ganzen Tag in den eigens für sie angefertigten großen Blumentopf, der mit einem schicken Handtuch und einer kuscheligen Heu Auslage bestückt war, und abends bekamen sie noch ein kariertes Tuch darüber gelegt, und so waren sie schön vor Sonne und Wind geschützt. Sie fühlten sich ganz geborgen in ihrem lustigen Blumentopf.

Später noch ein paar Äste und Zweige in den Stall auslegen, um das Sitzen auf den Ästen, und das Fliegen und Landen zu lernen, so gut, das Perdi nach drei Wochen den Abflug machte. Aber leider ohne seinen Kollegen. Pingo hatte nur zwei Tage überlebt, er war sehr klein und schwach und wollte auch nicht fressen, Pongo saß nun den ganzen Tag auf der Stange und piepte jämmerlich nach meinem Frauchen. Ja ganz anhänglich ist er geworden und vielleicht etwas zu dick, sein Bauch hatte etwas Ballähnliches, wohl zu viele Mehlwürmer und Heimchen bekommen oder was? Pongo hatte es nicht so mit dem Fliegen lernen, er turnte lieber auf Frauchens Hand umher, ja das wurde eine dicke Freundschaft zwischen den beiden. So jetzt erstmal beim Vogeldoktor anrufen und mal nachfragen, wie man dem Dicken auf die Sprünge helfen kann. Ich wusste schon wie, aber ich durfte ja wieder mal nicht. Komisch, der eine schlank wie eine Gazelle, der andere rund wie ein Ball? Ok, es gibt ja auch dicke und dünne Hunde oder solche muskelbepackten und hormonell gesteuer-

24

ten Machos wie mich! Nach zwei weiteren Wochen hatte sich sein Gewicht halbiert und er flog, wie ein eleganter Vogel nur fliegen konnte, einfach so davon, ohne sich auch nur ein einziges Mal umzudrehen. Frauchen flossen die die Tränen über die Wangen, so hatte sie sich den Abschied der zwei Nesthocker nicht vorgestellt, waren sie ihr doch schon ganz schön ans Herz gewachsen, wenigstens einmal umdrehen oder noch mal wieder bei uns vorbeischauen, das hätten sie ruhig tun können, meint Frauchen.

Hoffentlich können sie es schaffen, so ganz allein in der Natur. Und immer wenn wir Schwalben sehen, hofft Frauchen, das es Pongo, oder Perdi sind. Sie schaut ihnen mit Tränen in den Augen hinterher und wünscht ihnen ein tolles Leben in der freien Natur. Es war schon eine sehr emotionale Zeit mit den Kleinen, aber ich war sehr glücklich, als sie endlich das Weite suchten. Das Ewige rein ins Haus, raus in den Garten und das alles ohne mich. Tolle Bilder hat Frauchen von den kleinen Schwalbenkinder gemacht, eines auf der Hand, ein paar auf der Stange im Käfig, oder doch lieber im Blumentopf? Kein Wunder, das sie abgehauen sind, ich kann das gut verstehen.   Ist echt nervig mit dem ständigen Fotoshooting! Nun wird Frauchen erst mal nichts mehr mit anschleppen, war doch eine sehr anstrengende Zeit mit den drei kleinen Nesthockern und einem sehr eifersüchtigen Aussie, der immer im Mittelpunkt stehen wollte.

Ein DVD Abend mit Ruby

Oma Katze hatte wieder mal einen super Film aus-
gesucht, wir schauten alle zusammen Marly, ein
wirklich frecher Hund. Frauchen wollte mal
sehen, ob es Hunde gibt, die noch frecher sind als
ich. Ja ich bin auch eine superfreche Fellnase, aber
aus einer Hundeschule bin ich noch nicht raus ge-
flogen, noch nicht, aber so einiges kam uns irgendwie bekannt vor. Bin ich auch so ein Tyrann
auf 4 Pfoten? Nein sicher nicht, oder doch? Aber
das mit der Wohnungsverwüstung kommt mir
schon bekannt vor. Es stört mich nicht mehr, wenn
Oma Katze und Frauchen ohne mich weggehen.
Ich nehme mir eine Jacke oder eines der Sofa Kissen und haue es mir vor Wut um meine gelockten
Ohren, oder gehe vor Frust an mein Futternapf
und schiebe es durch das ganze Haus. Dann
schleiche ich ganz gemütlich aufs Sofa, um einen
Mittagsschlaf zu halten, bis sie wieder da sind. Es
fällt ja meistens was Leckeres für mich ab und
Oma Katze bringt tolle Würstchen für mich mit,
wenn ich Glück habe. Je nach Verwüstung, oder es
gibt einen ordentlichen Anschiss für mich. Aber
meistens schlafe ich ganz brav, bis sie wieder da
sind. Ich bin auch froh, wenn ich mal meine Ruhe
habe und unbeobachtet im Haus anstellen kann
was ich will, ohne das es heißt, nein Ruby runter
vom Sofa mit deinen matschigen Pfoten, und der
Müllsack wird auch nicht durchgewühlt, und die
Wäsche bleibt auch auf der Leine hängen. Wenn
ich ganz lieb war, fehlt noch ein liebevoller Blick

von mir, ganz viel Speichel, und schon fällt was für mich ab. Ich bin ein richtiger Sonnenschein, ein süßer Hallodrie auf 4 Pfoten, ein Temperamentsbündel, wie ein Wildgewordener Handfeger, mein Selbstbewusstsein ist enorm, ich leide oft an Größenwahn und bin sehr von mir überzeugt, um nicht zu sagen, ziemlich hochnäsig! Als Nächstes kommt ein neuer Hundefilm auf DVD, den wollen wir sicher auch angucken. Es geht um eine freche Rasselbande, die auch nur Blödsinn im Kopf hat und die ganze Wohnungseinrichtung verwüstet. Das kommt mir aus Welpentagen irgendwie bekannt vor.

Rubys Abendrunde
in Nachbars kleinem Zoo

Ja wir gehen immer in unserer Nachbarschaft
Schafe und Ziegen gucken und dann ist es passiert, ich habe das erste Mal ein echtes Schaf
geküsst. Nase an Nase standen wir uns gegenüber,
ich ganz lieb wie immer, bis sich das Schaf erschrocken hat und blitzschnell umdrehte und aus-
geschlagen hat.

Zum Glück war ein Zaun zwischen uns, also
schnell das Schaf noch in den Hintern zwicken
und nun hing das halbe Schaf zwischen meinen
Zähnen, und ich stank wie ein oller Schafsbock.
Frauchen meint wir gehen wohl besser wieder hin,
wenn die Schafe geschoren sind. Ein paar Wochen
später war ich wieder da, aber wo waren die
Schafe hin? Oh je, das heißt nichts Gutes, sie werden doch wohl nicht? Jedenfalls kamen sie nicht
wieder auf ihre Weide zurück.

Wie traurig, wir gehen immer noch oft dort vorbei,
aber immer noch keine Schafe da, statt dessen
viele meckernde Ziegen, Hühner und ein Hahn,
der immer auf mich losgeht, er hat wohl Angst,
dass ich eins seiner Hühnchen erlege oder was?
Das würde mir Schelm ja nicht mal in den Sinn
kommen. Ja so ein Huhn landet schon öfters in
meinem Fressnapf, wenn Frauchen für mich lecke-

res Essen kocht, denn ich mag nur selbstgekochtes und möglichst nichts aus der Dose.

Ich bin eben ein sehr verwöhnter Rackerdoll, so wie meine Freunde, für die wird ja auch gekocht, warum also sollte ich ein Fertiggericht verspeisen, was ich nicht will. Ich lege mich dann vor mein Napf und starre stundenlang das Essen an und rümpfe meine Nase, und warte, und warte, oder ich schiebe mein Napf durchs ganze Haus, und auch gerne mal unter den Sessel, bis es Frauchen zu viel wird und sie mir doch noch eine kleine Leckerei zaubert, na also, geht doch, warten lohnt sich eben doch.

Eine Neue Liebe
für Rubysocke

Oh klasse, eine neue Hundeschönheit ist in unser
Nachbardorf gezogen und ich war ja wieder so
aufgeregt, dass alle dachten, ich hätte Batterien im
Popo. Wie ferngesteuert zog ich mein Frauchen in
die Richtung ihres Duftes, ich schielte so das sich
meine Augen in der Mitte wieder trafen, meine
Nase gräbt den ganzen Weg um und an jedem
Baum, wird eine wichtige Nachricht von mir hin-
terlassen. Kommen heute sicher noch mehr trieb-
gesteuerte Artgenossen hier vorbei, sollen sie
ruhig alle schnüffeln, dass ich hier schon unterwegs war, und mir keiner die Hundedamen ab-
spenstig macht. Ich pinkele so hoch, dass die
anderen Hunde denken könnten, ich wäre eine
Dogge oder ein riesiger Wolfshund und der größte
Hund in unserem Dorf.

Meine Duftmarken hängen an jedem Baum und
Strauch, jede kleinste Blume und Grashalm duftet
nach mir, auf vielen hohen Steinen liegen noch
ganz andere Sachen von mir rum, ja mein großes
Geschäft mach ich auf ganz hoch gelegenen Steinen, hohen Sandbergen oder Hügeln, so, dass ich
fast vorne überkippe.

Sollen ruhig alle sehen, was ich für ein großer und
wichtiger Hund bin. Ich bin ein Alpha Hund, ein

Wichtigtuer, ein Macho Hund, der Rudelführer, oder wohl doch nur eine liebenswerte Hundepersönlichkeit! Ich jedenfalls versuche es immer mal wieder den Bestimmer raushängen zu lassen, aber Frauchen wickelt mich wohl um den Finger oder wie? Aber bei meinen Freunden Buddy und Emma, da bin ich der Checker, der erstmal die Hunde beschnüffelt, bevor sie sich in mein Rudel einschleichen dürfen, es sei denn, es macht sich ein anderer Rüde an meine Emma ran. Mein Selbstbewusstsein ist enorm, meine Mimik spielt verrückt und die Rute wächst förmlich über sich hinaus, während sie wedelt, oft sträubt sich mein wunderschönes Fell ganz steif nach oben und ich sehe aus, wie ein brummiger Braunbär. Das sieht sehr imposant aus und macht echt Eindruck.

Ich glänze in der Sonne in drei tollen Farben, meine Brusthaare sind weiß und lang wie die eines Championatsiegers, der Rest ist ein zartes Kupfer und natürlich ein klasse Schwarz, so wie mein Frauchen, die hat auch eine schwarze Fellbedeckung auf ihrem Kopf. Es besteht eine gewisse Ähnlichkeit zwischen uns, es heißt ja, um so länger Hund und Halter zusammen sind, werden sie sich immer ähnlicher, stimmt wohl!

Das niedliche Strandreh

Oh das war lustig, aber wohl nur für uns Hunde, als wir bei unserem täglichen Strandspaziergang ein großes Reh gesichtet haben, da war Panik angesagt und wir drei, also Emma, Buddy und ich haben alle sechs Ohren zu geklappt und sind dann mal weg. Da hat erst mal kein Pfeifen Anklang gefunden, das war ja ein absolutes Highlight für uns, treffen sonst ja immer nur Gleichgesinnte oder Hasen, aber selten ein Reh am Strand. Aber nach fünf Minuten waren wir sofort zur Stelle und ganz durcheinander vor lauter Aufregung, die Zunge hing auf dem Boden, ein Wunder, das wir nicht drauf getreten sind. Das Reh war so schnell weg, das wir es nicht verfolgen konnten, zum Glück sagt Frauchen. Völlig erschöpft habe ich nachts in meinen Träumen noch das Reh gesehen, und am ganzen Körper gezittert und gesabbert, sowie merkwürdige Laute von mir gegeben, bis ich durch einen zärtlichen Seitenhieb geweckt worden bin, ja so ein Bambi ist schon etwas Seltenes am Strand, auch für uns Hunde. Im Wald laufen uns ja täglich welche über die Pfoten, aber nicht am Wasser. Aber genau gegenüber von unserem Haus ist ein kleiner Wald und das Paradies für Hasen und Rehe. Bei unseren Abendspaziergängen stehen wir lange da und beobachten sie, wie sie alle in Ruhe im Feld oder auf der grünen Wiese vor sich hin fressen. Aber auch nur, weil ich angeleint bin, sonst würden sie sicher nicht mehr so gemütlich da rum stehen und fressen, sondern wären auf der Flucht vor mir.

Rubys schicke Strubbelfrisur

Toll sah ich aus, wie ein Struwelköter. Meine Haarpracht stand wie explodiert und war in alle Richtungen verstreut. Was war geschehen? Frauchen hat ein neues Fellpflegeöl erstanden und hat mich als Versuchskaninchen auserkoren. Erst mal wurde mit der Bürste meine ganze Haarpracht gestriegelt. Dann das Öl, soll superweiches Babyfell machen, ins Haar einmassiert. Noch schön durch rubbeln, trocknen lassen, aufschütteln und fertig! Tja und jetzt, steifes Fell, fehlt nur noch der Knopf im Ohr.

Was war das denn, etwa Öl extra Strong? Oh je, besser alles wieder ausbürsten und versuchen, die Fellpracht wieder glatt zumachen? Und siehe da, jetzt glänzte ich wie eine Speckschwarte im Sonnenaufgang. Ich sah aus als hätte ich total fettiges Haar, und das, wo ich so auf mein gutes Aussehen achte, ja ich will immer schick sein.

Wir machen täglich Fellpflege, wir finden das prima. Schönes Fell macht Hund und Mensch froh, man weiß ja nie, welche Hundeschönheit einem heute noch so zwischen die Pfoten kommt. Also runter zum Strand und ab in die Ostsee. Das salzige Wasser der Ostsee wird das Öl wieder aus dem Fell waschen. Denkste, also warten, bis es von allein wieder rausgeht, oder muss es erst raus wachsen? Das würde mir gerade noch fehlen, hat noch ein paar Tage gedauert, bis ich meine alte

Schönheit wieder zurück hatte. Also machen wir unsere Fellpflege so wie vorher. Einfach durchbürsten und das lange Fell noch etwas aufschütteln und fertig bin ich, und das ist auch genug. Ich sehe immer schick aus, egal ob meine Haarpracht trocken oder nass ist, ich bin immer ein hübscher Hund sagt Frauchen.

Meine Freunde Buddy & Willi, werden im Sommer regelmäßig mit der Schärmaschine geschoren und sehen danach richtig Klasse aus. Für mich ist das aber nichts, ich trage meine lange Fellpracht mit Stolz in der Gegend herum, auch wenn ich dadurch etwas rundlicher erscheine, aber nur erscheine. Mir hat es gereicht, als mein liebes Frauchen mich zur tiermedizinischen Fortbildung geschleppt hatte und meine halbe Haarpracht abrasiert werden musste. Da gehen wir bestimmt nicht wieder hin, jedenfalls nicht, wenn wieder etwas ab muss. Ja das hat ganz schön lange gedauert, bis mein nackter Bauch wieder mit Fell bedeckt war und das Jucken unter meiner kleinen Wampe war auch nicht so lustig, wie man vielleicht denkt. Und das mitten im Winter, ich hatte ja immer einen kalten Bauch und der schleifte so nackig durch den hohen Schnee, das war gar nicht so witzig, wie es sich anhört.

Ruby und der stinkende Tümpel

Versteht Ruby Wörter die er gar nicht kennt und warum reagiert er auf Wörter, die ihn nicht geläufig sind? Oder liegt es daran, das Frauchen sich anders verhält bei bestimmten Worten, oder ist sie ein offenes Buch für mich? Ja mir entgeht nichts, ich verstehe jede Mimik und jeden Blick von Ihr und darum bin ich dann mal weg. Aber wo ist Ruby denn hin, ich hatte alles verstanden, ich sollte im Garten mit dem Wasserschlauch abgeduscht werden und das kann ich überhaupt nicht leiden, und alles nur, weil ich mal kurz in einen stinkenden Tümpel zum Baden war! So mit viel Überredung hatte ich mich noch shampoonieren lassen, aber das war es dann auch. Jetzt stinke ich nach Apfel oder was, das fehlte mir gerade noch, hatte ich doch vorher einen sehr Interrissanten Duft nach altem Lehmboden, und der halbe Wald hing auch in meinem Fell.

Lauter gelbe Blätter klebten auf meinem Schwarzen Pelz und ich stank wie ein Waldmännchen. Nach langem Rufen steckte ich meinen Kopf vorsichtig um die Ecke, in der Hoffnung, zu hören alles gut mein Lieber, das Shampoo kann im Fell bleiben, wenn du willst. Aber genau das Gegenteil war der Fall. Ruby komm sofort hier her, das muss auch alles wieder rausgewaschen werden. Das kennst du doch, Ja eben, deswegen bin ich ja auch weg. Alles Rufen war vergeblich, ich hatte mich hinterm Sofa versteckt, in der Hoffnung, dass sie mich nicht findet, oder vielleicht sogar vergisst!

Was ist denn bloß los mit dir Ruby, Angst vorm Gartenschlauch oder was. Nein aber das Wasser ist zu kalt und das kann ich nicht leiden, ich klappere mit den Zähnen und zittere und bibbere am ganzen Hundekörper wie ein Erdbeben, das ist ja kaltes Eiswasser! Ruby die Ostsee ist dir nie zu kalt und hier machst du ein auf Weichei oder was, das ist ja nicht zu glauben. Na gut, ich werde für meinen armen und durchgefrorenen Hund etwas warmes Wasser holen gehen, um den Schaum aus deinem Pelz zu waschen, sonst stehen wir Morgen noch hier im Garten rum, und das Shampoo, macht dein Fell wieder steif und klebrig, so wie schon einmal, als du auch so ein Theater gemacht hast. Kaum war Frauchen Wasser holen gegangen, bin ich schnell mal hoch, um Oma Katze zu besuchen und um mich bei ihr einzuschleimen, in der Hoffnung dass ich dann nicht mehr mit den Gartenschlauch bearbeitet werden musste. Aber leider hat auch das einschleimen nichts genützt, ich sollte wieder mit in den Garten und ließ es über mich ergehen. Wie immer musste ich nachgeben, ich bin eben doch nur ein armer Hund. Hat sich aber gelohnt, mein Fell war wunderschön und ganz weich, ich roch wie ein Apfelbaum in der schönsten Herbstblüte.

Das 1x1 der
Hundeschule für Ruby

Sind wir ein gutes Team oder muss ich noch zur
Hundeschule? Kann ich das Hunde Einmaleins
oder muss ich noch viel lernen? Ich kann mehr als
Frauchen denkt, ich merke genau, was sie beim
Aufwachen für eine Laune hat, noch bevor sie es
selbst weiß. Meistens ist sie morgens schon so lustig, ich aber nicht, denn ich bin ein Langschläfer
und würde, wenn ich könnte, um elf Uhr noch auf
dem Sofa liegen, ich bin eine richtige Schnar-
chnase.

Aber nichts, da muss ich schon eine Stunde unter-
wegs gewesen sein, denn bei Frauchen ist die
Nacht leider schon um sieben Uhr zu Ende. Mir ist
das egal, ich halte dann mein zweites gemütliches
Schläfchen, wenn wir wieder zurück sind von unserer Nachtwanderung. Allein mit Motivation und
Leckerlies werde ich noch lange kein Zirkushund!
So Ruby, da du ja schon so allerhand Blödsinn
kannst, machen wir hier zu Hause einen auf
Hunde-Uni, was wir brauchen ist ein Schulbuch.
Pfötchen geben Rolle links und Rolle rechts, ständig mit der Socke auf der Nase im Haus herumlaufen, das Telefon hinterm Sofa verstecken,
Wasserflaschen aus dem Einkaufskörbchen stehlen
und im ganzen Haus verstecken, unsere Katzen erschrecken, Frauchen abends im Bett die Socken
ausziehen, die Wäsche von der Leine stehlen und

Ruby im Kornfeld

im Blumenbeet verstecken, mein Schaf vom Ball unterscheiden, das Spielzeug in den Korb einräumen, wenn ich gerade mal Lust dazu habe, die Blumentöpfe, die Frauchen mühevoll mit Pflanzen bestückt hat heimlich wieder ausbuddeln, das kann ich alles schon. Während Frauchen ein Buch für mich suchte, zerlegte ich das neu angelegte Lavendelbeet und schleuderte die Reste, samt Blumenerde in den blauen Muschelpool, welches Frauchen eigentlich für die Vögel zum Baden aufgestellt hatte. Oh, alles völlig verdreckt, das Wasser war Schwarz und ich auch. Als ich den Ärger dann hinter mir hatte, wollte ich nicht mehr spielen und ging beleidigt samt meines nassen Pelzes auf unser frisch bezogenes Sofa und habe mich darauf so richtig lang gemacht, bis ich einen tierischen Schrei hörte, und mich ein stechender Blick traf, ich ging so schnell auf meinen Platz wie noch nie zuvor, rollte mein Kopf zwischen meine dreckigen Pfoten und wartete auf das Donnerwetter, aber nichts kam, und das heißt nichts gutes. Frauchen war wohl so was von Sauer und das soll schon was heißen.

Also meinen süßen Bambi blick aufsetzen und alles wieder gut? Nein diesmal nicht. Es sollte noch etwas dauern, bis meine Blicke und meine charmante Art ihr Herz wieder erweichen ließen, auch meine Versuche, mich bei ihr einzuschleimen, blieben erstmal ohne Erfolg. Ich legte mich auf den harten Holzboden und spielte auch noch den geprügelten und nicht beachteten Hund. Ich ließ sie nicht aus den Augen, ich wartete und wartete, nur auf ein liebevolles Zeichen von ihr, leider sollte ich noch etwas länger warten, mir kam es vor, als hätte ich Tage darauf gewartet das Frauchen mich zu sich aufs Sofa holt. Bei uns ist immer was los, oder besser gesagt ich mache immer was los, denn das sollte ja nicht alles sein. Wir machten einen Termin in einer Hunde-Filmtrickschule, wo ich mein Können mal unter Beweis stellen kann, wenn ich dann will, meistens will ich, aber wenn ich soll, will ich oft nicht. So einmal die Woche in eine Trickschule gehen, um mein können etwas zu verbessern und einige neue Tricks zu erlernen. Die nächste Woche spielen wir Fly-Ball oder machen Fährtensuchen, wozu ich allerdings keine Lust habe. Lieber doch einfach nur die Häschen am Strand verjagen, das macht mir Spaß. Also erst einmal eine Pause mit dem Hundesport einlegen, mein Machogehabe etwas ablegen, mich nicht immer so wichtig machen, nicht so aufblasen und über andere Rüden aufregen, mehr Spaß mitbringen und dann geht's wieder ab zum Hundesport, solange turnen wir noch in unserem Garten herum. Das fehlte mir auch noch den ganzen Tag was machen müssen, morgens Agillity, mittags Wasserball und abends möglichst Hundejoga, gut das ich das nicht brauche, braucht das überhaupt irgendein Hund? Ich jedenfalls nicht!

Ein süßes
Cover-Foto mit Ruby

So Ruby, neue Fotos müssen her, also schick anziehen, das schönste Halstuch umbinden, die passende Leine raus holen und los zum
Fotoshooting, aber wohin? Wo waren wir noch
nicht, seit ich auf dieser Welt bin und an der tollen
Ostsee residiere, vielleicht mal in den Zoo gehen?
Tolle Fotos neben einem Tiger, oder einem großen
Braunbären, vielleicht mal mit den Wölfen heulen,
oder um die Beute raufen? Ja das wäre doch mal
was, nein sicher nicht, so wild wie ich immer bin
wäre das sicher nicht der richtige Ort für mich,
meint Oma Katze. Also los mal wieder zum Fotoshooting ins Feld, am Strand, oder im Bett vielleicht, mit meiner roten Socke auf der Nase?
Warum nicht. Ich liege gern im Bett, Frauchen
sagt ja, warum nicht, ich mache ja sowieso meine
tägliche Wanderung durchs Schlafzimmer, rauf
aufs Bett, oder doch lieber auf meine riesige rote
Decke? Oder mich mal kurz in das kleine Kat-
zenkörbchen zwängen, aber am Ende liege ich sowieso wieder ganz dicht an meinem Dosenöffner
in Rückenlage auf meinem Kissen im Bett, und
das ist auch gut so. Ein großes Bett für Frauchen
ganz allein ist doch genug Platz für uns beide da.
Also warum sich zum Idioten machen, nur um ein
paar niedliche Ruby Fotos zu machen. Ich habe
jetzt keine Lust den Kasper zu spielen, soll sie
doch sehen, wo sie drollige Bilder von mir her be-

kommt, ich geh jetzt aufs Sofa, ich bin hundemüde. Am lustigsten sehe ich immer noch aus, wenn ich vor lauter Übermut Blödeleien anstelle. Aber Frauchen läuft ja nicht den ganzen Tag mit dem Fotoapparat umher, ihr Pech! Ja neue Fotos wie ich breitbeinig in Rückenlage in Frauchen Bett, auf meinem eigens für mich hingelegten Kissen am Fußende liege, oder von meinem Riesen Korb, den ich bekam, als ich noch ein kleiner Welpe war, wo ich nie drin lag, und liege, und liegen werde, das Bett ist groß genug für uns zwei!

Und auf das große Kissen gehe ich sicher auch nicht mehr drauf, das riecht alles nach Katze. Ja da liegen sie immer drauf, wenn ich nicht da bin, aber wehe sie hören mich kommen, dann verschwinden sie manchmal spurlos, aber hoffentlich nicht noch mal im Ofenrohr. Das war vielleicht ein Schreck, das war nicht so einfach, die Katze aus dem Ofenloch wieder raus zuziehen und ich habe einen ordentlichen Anschiss bekommen, weil ich ja die Katze hinter der Tür auflauerte, um sie dann ordentlich zu erschrecken, was ja wieder mal super geklappt hat.

Als ich mal in Omas Wohnzimmer gestürmt kam, lag Pünktchen ganz seelenruhig auf dem Sofa und döste so vor sich hin, und dann kam ich, oh je, ich weiß nicht, wer von uns sich mehr erschrocken hatte. Wie von Sinnen stürzte ich mich auf die Beute, die keine war, und das Kätzchen hatte sich vor Angst ganz ruhig verhalten und das war auch gut so, denn Frauchen stürzte die Treppe nach oben und schimpfte wie ein Rohrspatz. Na da war aber was los, zum Glück ist nichts passiert. Ich habe ihr ja nichts getan, und sie hat mir auch nicht die Augen ausgekratzt, was für ein Schreck, denn ich mag ja Katzen nicht so gern, außer sie verjagen, aber das darf ich ja leider auch nicht.

Ruby am Strand

Ein Katzenschreck
Namens Ruby

Der Kater hier in unserem Dorf, wo ich abends
leider öfters vorbei muss, der hat es ganz dick hinter seinen Knickohren. Er lauert hinter der Ecke
seines Hauses, um mich zu erschrecken. Ich tue
dann so als sei er gar nicht da und laufe dann mit
hocherhobenem Haupt, um meinen Unmut zu
überspielen mit erhöhtem Tempo an ihm vorbei.
Aber dann kommt er wie ein Tiger hinter dem
Haus vorgeschossen, macht einen Buckel, und
rennt mir hinterher, und findet das wohl sehr lustig, ich jedenfalls find das gar nicht so lustig. Oh
je, bloß schnell weiter, hoffentlich trifft Frauchen
nicht noch jemanden zum Quatschen, ich will hier
weg, und mir bloß nicht anmerken lassen, das ich
großen Respekt vor ihm habe.

Bei unseren Katzen ist das ganz anders, die er-
schrecke ich sehr gern, da habe ich keine Angst
vor, obwohl etwas mehr Respekt, wäre ganz gut
für den Hausfrieden. Der andere Kater, der so an
meinem Frauchen hängt und am liebsten den
ganzen Tag auf ihren Armen umhergetragen werden möchte, ist am Weihnachten in den Decken-
kranz gesprungen, der über dem großen Esstisch
hing, ja hing! Panik brach aus. Nach Stunden
kamen die Kätzchen ganz langsam mit weit vorge-
streckten Köpfen und langen Hälsen um die Ecke,
um einen Blick ins Wohnzimmer zu riskieren.

Ganz lang und flach waren sie vor lauter Schreck.
Nur die kleine Kratzbürste, die immer an meiner
Tür kratzt um mich zu ärgern, die hat keine Angst,
nicht mal vor mir! Seit die Bürste ja mit Frauchen
im Garten spazieren war und ich sie so erschreckt
habe, will sie trotzdem immer wieder mal raus,
obwohl sie doch solche Angst hatte, als ich sie
vom Wintergarten aus durch mein Gebell auf den
Baum gejagt hatte.

Hätte Oma Katze, heißt ja nicht umsonst so, sie
hat einen heißen Draht zu unseren Kätzchen, nicht
die tolle Idee mit der Futterdose gehabt, säße die
Bürste bestimmt heute noch in unserem hohen Apfelbaum. Erst hat sie sich hinter einer Tür versteckt, ganz leise geknurrt und gewartet, bis ich
ein Stück an ihr vorbei war und dann verpasste sie
mir eine mit der Pfote auf meinen Allerwertesten,
ich schrie vor Schreck und hätte sie sicherlich zum
Teufel gejagt, wenn ich allein im Haus gewesen
wäre. Es heißt ja nicht umsonst, sie verstehen sich
wie Hund und Katze!

Dicke Lippe riskiert

Eines Morgens dachte Frauchen ich würde sie an-
lachen, meine Oberlippe war ganz nach oben gezogen und meine weißen Zähne blitzten ihr
entgegen, als lachte ich einmal im Kreis, süß wie
du grinsen kannst säuselte sie. Nein ich grinse
nicht, ich hatte eine riesige Schwellung an meiner
Oberlippe. Als das Grinsen nicht aufhörte, schaute
Frauchen sich das Mal etwas genauer an und entdeckte das mich wohl etwas gestochen hatte, war
aber zum Glück nicht so schlimm, sah nur etwas
lustig aus und das mit meinem Dauer grinsen,
hatte sich am Abend zum Glück auch erledigt.

Wir führen eine Beziehung auf hündisch, alles
tanzt nach meiner Pfeife, oder war es anders rum,
komme ich nicht immer, wenn Frauchen pfeift?
Egal, auch wenn wir manchmal unterschiedlicher
Meinung sind, was das Gehorchen angeht, klappt
das sehr gut. Es sei denn, ich habe erst mal etwas
Wichtigeres zu tun, oder muss vorher noch schnell
woanders hin, aber gleich danach bin ich sofort
wieder da. Dann kommt ein liebevoller Blick von
mir und alles ist wieder vergessen? Nein leider
nicht immer, ich soll doch sofort kommen, wenn
Frauchen schreit, oder in ihre Trillerpfeife pustet.
Ja sonst gibt es wieder einen Vortrag! Wenn ich
höre, Ruby es reicht, dann weiß ich Bescheid! Ja
ich bin sofort zur Stelle, bevor sie richtig sauer
wird und wieder einen auf beleidigt macht, nur
weil ich mal nicht sofort angerannt komme, oder

weil ich öfters nicht gleich komme, wenn sie ruft. Ruby bist du taub oder was? Nein das bin ich sicher nicht, ich höre exzellent, wenn ich will, oder es etwas Leckeres für mich gibt. Wenn Emmas Herrchen ruft und es gibt den saftigen Pansen, soll Frauchen ruhig mal erwähnen, wie schnell ich dann da bin. Ich sitze ja nicht umsonst schon morgens Früh an unserem hohen Gartenzaun, ich warte und warte, irgendwann muss Emmas Herrchen hier ja vorbeikommen, um mich zu begrüßen.

Und dann kommt er, ich bin ja schon da und warte gespannt auf den Pansen von meinen lieben Freund Willi. Es vergeht kaum ein Tag, wo nicht etwas für mich dabei abfällt, ein klasse Nachbar, scheinbar ein echter Hundeversteher, denn er weis ganz genau, was ich von ihm will, zum Leidwesen von Frauchen, denn so wird es nichts mit meiner leichteren Kost.

Rubys Spielkorb
wird entrümpelt

Ja ich war traurig, wollte Frauchen doch meinen
Korb mit Spielzeug aussortieren, um Tieren etwas
abzugeben, die nicht so viel haben wie ich. Aber
was will ich abgeben, eigentlich nichts. Ich bin ein
Hund, der alles gebrauchen kann, außer Leinen,
mein Geschirr, Halsbänder und das alberne Tuch,
was abends im Dunkeln leuchten sollte, tut es aber
nicht. Als Frauchen den Korb anfing auszuräu-
men, legte sie mein Bärchen, die Giraffe, einige
kleine Bälle, ein großes Tau zum Ziehen, ein süßes
Schweinchen, wo ich noch nie mit gespielt hatte.
Aber jetzt, weckte es mein Interesse, gerade wollte
ich es raus holen aus meinem Spielkorb, da war es
weg! Aber wohin? Können Stoffschweinchen laufen? Ruby wir geben anderen Hunden etwas ab,
denen es nicht so gut geht wie dir. Sicher nicht,
ich wollte noch nie etwas abgeben! Frauchen
räumte den Korb aus und ich wieder ein! Aber das
große Schaf, was bei uns im Wintergarten steht,
wo die Kätzchen glaubten, hier wäre ein neuer
Kollege von ihnen eingezogen das bleibt hier! Als
es auf unserem Holzboden stand, ging mein Temperament mit mir durch und Frauchen glaubte sie
traue ihren Augen nicht, als ich versuchte von hinten auf das Schaf aufzusteigen, also ich wollte es
mal reiten. Als ich hörte, wie Frauchen sagte,
Ruby geht's noch? Meine Dominanz ging mal
wieder mit mir durch und ich war außer Rand und

Band, als ich wieder vom Schaf abließ, haute ich es mir vor Wut um meine gelockten Öhrchen, ja ich kann richtig stinkig werden, wenn ich was nicht darf. Und ich finde Schafe so toll, vielleicht weil ich als kleiner Welpe ein süßes kleines graues Knuddelschaf von Frauchen bekommen habe, was ich immer noch habe, und auch behalten will. Oder bin ich selbst schon ein Schaf, riechen, tue ich ja manchmal so, wenn wir die Schafe besuchen, und ich ihnen einen zärtlichen Nasenstupser verpasse. Zum Glück ist es ja nicht oft der Fall, dass ich was nicht darf oder dass ich den bockigen Lausejungen spiele, mein Frauchen kann mir nur sehr schwer widerstehen, und das ist auch gut so, aber wohl auch nur für mich.

Eine tolle Schneeballschlacht im Winter

Oh je, was für ein Winter, der Schnee liegt hier so hoch, dass man fast nicht mehr laufen kann, aber Frauchen hat einen Plan. Also los auf den ganz hohen Hügel eines Ackers, und eine riesige Frisbee Scheibe kommt auch noch mit. Und los, das hat Spaß gemacht, ich tobte wie ein Irrer und stand bis zum Hals im tiefen Schnee, bis Frauchen sagte, so Ruby nun kannst du mal etwas für mich tun. Sie machte die lange Leine an mein Geschirr, setzte sich in die große Frisbeescheibe mit ihren Hintern, und ich soll sie den Hügel runter ziehen? Aber nicht mit mir. Soll sie doch sehen, wie sie da wieder runter kommt, ich hatte jedenfalls keine Lust dazu!

Ich hatte doch gerade schon so viel mit meinen Kollegen getobt, ich bin jetzt müde. So standen wir nun auf dem Hügel und ich habe mich keinen Zentimeter bewegt, stur wie ein Ziegenbock, wie angefroren stand ich da, und hatte meine Ohren ganz fest nach hinten gepresst, als könnte ich nicht verstehen, was Frauchen da so von sich gab. Toll Ruby und schönen Dank auch du verwöhnter Macho meckerte sie hinter mir her, am liebsten säßest du wohl selbst in der Schüssel und ich ziehe dich den Hügel her runter du alter Egomane! Na gut, dann eben nicht. Also Leine wieder ab und dann ging es los, ich wälzte mich im Schnee und sprang wie eine Gazelle durch die Meter hohen Schneeberge und Frauchen machte große Schneebälle, um mich damit zu bewerfen, dann kullerten wir versehentlich noch gemeinsam den Hügel her runter, das war Klasse. Wir hatten riesigen Spaß und Frauchen fiel abends voller Müdigkeit aufs Sofa. Und dann kam ich um es mir ebenfalls gemütlich auf dem Sofa zu machen, bis ich ein lautes Ruby hörte! Ich glaube es geht los, runter vom neuen Sofabezug. Zu spät, das Sofa war klitschnass, denn ich sah aus wie ein Eisbär, nur zwei braune Kulleraugen schauten durch mein nasses weißes Teddyfell. Große Schneeflocken bedeckten meine langhaarige Fellbedeckung.

Es hatte ewig gedauert, bis sich mein Pelz der Naturhaarfarbe wieder angenommen hatte. Ja ich hatte eine gewisse Ähnlichkeit mit einem Eisbären, der irgendwo durch die eingeschneite Steppe spazierte. So menschenleer war es bei den eisigen Temperaturen an der Ostsee, schönes Wetter viele Hunde, schlechtes Wetter wenig Hunde, was ist los, sind das denn alles Schönwetterhunde oder was? Meine Freunde und ich gehen bei jedem Wetter zum Toben, na ja, bei fast jedem Wetter.

Rubys Weihnachtsmann kommt

Ja Weihnachten, das war wieder toll, so viele leckere Hundeknochen gab es, Frauchen und Buddys Dosenöffner haben für uns gebacken. Leckere gefüllte Thunfisch Taler und Hundefrikadellen mit Reis und Gemüse Einlage. Der leckere Geruch lockte uns immer wieder in die Küche, in der Hoffnung, es fällt uns mal was vor unsere Pfoten. Aber nein, als endlich alles fertig war, kamen die Leckereien erst mal in die Vorratskammer zum Abkühlen, außerdem war ja noch nicht Weihnachten. Als ob Buddy und mich das interessiert hätte, sind wir denn Weihnachtshunde oder was?
Kaum zu Hause angekommen wurden die die Kekse samt der Backschachteln alle auf der Küchenablage abgestellt um noch etwas aus zukühlen. Der Geruch lockte mich aber immer wieder in die Küche, wo ich ja eigentlich nichts zu suchen habe, meint Frauchen, und dann ist es passiert. Ich konnte und wollte meinem Verlangen nicht widerstehen und schmiss die vollen Backschachteln alle auf den Fußboden, und machte mich rasend schnell über die noch warmen Kekse her. Eigentlich sollten die Leckereien ja für mich und meine Freunde sein, daraus wurde aber leider nichts. Ich hatte sie alle mit großer Freude verschlungen um mich danach ganz unschuldig und vollgefressen auf unser Sofa zu platzieren. Nach kurzer Zeit ging es aber los, ich musste, und zwar

ganz schnell und vor allem ganz oft vom Sofa runter, und ab in den Garten, um mich ordentlich zu entleeren. Wer schon einmal warme Kekse gestohlen hat, der weiß, wie das ist. Mein Bauch grummelte und grummelte und mir war im wahrsten Sinne des Wortes hundeelend. Da bekommt das Wort gleich die richtige Bedeutung. Frauchens Mitleid hielt sich allerdings sehr in Grenzen und mein Appetit die nächsten Tage auch, und stehlen, will ich auch nichts mehr, jedenfalls erstmal nicht. Aber wenigsten gab es nicht wieder von Oma Katze ein neues Geschirr für mich zu Weihnachten, wo ich und meine Arroganz sowieso lieber ohne alles gehen würden, nur mein klasse aussehen und meine ganz persönliche Ausstrahlung, wozu also noch Halsband und Leine. Mal ganz allein durchs Dorf ziehen, das wäre Klasse, jedenfalls für mich. Ich habe doch eine gute Hundeversicherung, die bräuchte ich dann wohl auch! Schon allein deswegen, falls mir wieder dieser kleine Halbstarke und völlig respektlose Satansbraten aus dem Nachbardorf über den Weg läuft, und mit einem Affenzahn über mich herfällt. Bis ich ihn auf den Rücken lege, dann schreit er und will nur schnell weg, aber sicher nicht in die Richtung, wo ich hin will. Er wartet immer an derselben Ecke in der Hoffnung, mich zu treffen, kann kaum laufen mit seinen kurzen Stummelbeinchen, aber bellen kann er wie ein Großer. Er ist eher winzig, wohl ohne es zu wissen und Raben Schwarz wie die Nacht, und sein Selbstbewusstsein ist wohl auch etwas zu sehr ausgeprägt für meinen Geschmack.

Wie kommt das Rinderhack aus der Einkaufstüte?

Nachdem ich ja den leckeren Schweinebraten von Frauchens Toastbrot gestohlen hatte, und nur noch die einsamen kleinen Gurken den Tellerrand schmückten, gab es ja einen ordentlichen Ärger und ich habe erst mal nichts mehr vom Küchentisch gestohlen, erstmal. Es sollte frisches Rinderhack geben, aber heute nicht für mich. Frauchen hatte anderes damit vor, aber leider hatte ich es mir gleich nach dem Einkaufen aus der Tüte gestohlen und nahm die Tüte in mein kleines Maul, und zerfledderte sie um die leckere Speise mit Ge-

Meine Freunde

Ruby, Buddy & Emma

nuss zu vertilgen. Als Frauchen in die Küche kam, war ich schon mal auf meine Decke im Wintergarten gegangen, wo ich ja sonst eher selten liege, aber Frauchen ahnte schon etwas Schlimmes!

Ich tat so, als ob ich ganz fest schliefe, leider ohne Erfolg, das gab Ärger und keine Frikadellen für Frauchen und Oma Katze. Aber Knochen werden nicht mehr in der Küche liegen gelassen, seit ich die Rinderbrust geklaut hatte und wir drei Tage und Nächte Sterne gucken waren. Ja das war gar nicht lustig, mein Bäuchlein grummelte tagelang und Frauchen hatte mich mit Hühnchenfleisch, Reis und viel Gemüse verwöhnt, ganz viel Mitleid und noch mehr Streicheleinheiten, das war Klasse. Die Nacht wurde zum Tag und der Tag zur Nacht, ich musste ja alle paar Minuten in den Garten, hatte schrecklichen Durchfall von der fetten Rinderbrust.

Auch als es mir wieder besser ging, wollte ich jetzt alle Stunde rein und raus das war toll, aber nicht lange, denn Frauchen hatte wie schon so oft den leisen Verdacht, ich hätte Ihre Fürsorge wieder mal nur ausgenutzt, um mich so richtig doll verwöhnen zu lassen. Auch als ich am Strand in eine Muschel getreten bin, und mir die Pfote aufgeschnitten habe, bekam ich über meinen Pfotenverband eine schicke rote Babysocke, die ich nun täglich voller Stolz am Strand spazieren führte. Da war ich der Hit am Strand, hatte ja sonst keiner so eine tolle Socke an seiner Pfote. Da war sie wieder meine ungeteilte Aufmerksamkeit, alle wollten wissen, warum ich eine rote Socke trage, natürlich passend zu meinem roten Halsband und der roten Leine bekam ich ein schickes Blau-weiß kariertes Halstuch, mit den süßen in Rot eingestickten Worten „kleiner Herzensbrecher" um meinen Adonishals gewickelt, wie passend für mich!

Ich bin die pure Verführung für alle Fellnasenliebhaber oder solche, die es werden wollen.

Oh je, wie kommt das Ohr
in Rubys Halsband?

Ist der Kopf dafür da, dass Ruby ihn einmal um die eigene Achse drehen kann, und hat Ruby hinten Augen? Wenn Frauchen ihre Hand in die Innentasche meines Leckerli Beutels steckt, bin ich da, obwohl ich eigentlich ganz woanders unterwegs war, wie geht das denn? Egal wo ich bin, oder was ich auch mache, mir entgeht nichts. Wie ein Blitz komme ich angerannt und stehe sofort bei Fuß und bettele, was mein Sabber hergibt, vielleicht werde ich zu viel verwöhnt, kann ein Hund zu viel verwöhnt werden? Frauchen sagt ja! Sie sollte mal lieber lernen, wie man seinem Hund das Halsband richtig anlegt. Da hat sie mir doch mit dem Klickverschluss mein rechtes Öhrchen eingeklemmt. Ich habe gejammert und gewimmert vor Schmerz, und dann vor lauter Schreck nach meinen Frauchen geschnappt.

Wir hatten uns beide so erschrocken, ich mich über Frauchen, und sie sich über mich. Statt mich zu bedauern, gab es eine Ansage von ihr. Dafür das Sie mein Öhrchen eingeklemmt hat oder was? Wie ungerecht und gemein! Wenn ich meine Leine kommen sah, war ich weg, also schnell unter unseren großen Esstisch um mich zu verstecken, leider ohne Erfolg. Sonst holte ich ja meine Leine immer selbst, wenn es darum geht, das wir zum spielen raus wollten, aber jetzt nicht mehr. Also mit Halsband vor die Tür wollte ich nicht und ohne wollte Frauchen nicht, wir hatten ein Problem. Und jetzt? Frauchen nahm mich in ihre Arme um mich zu trösten, denn ich zitterte wie ein Hund, der kurz vor der größten Aufgabe seines Lebens stand. Ganz langsam mit noch mehr Zuspruch und vielen Leckerlis, kam das Vertrauen zurück, zum Glück. Klasse mein Halsband bekomme ich jetzt schon geschlossen um meinen Adonishals gelegt, damit das nicht mehr passieren kann. Auch meine Leine hole ich wieder selbst, wenn ich dringend los will, oder Oma Katze nur erwähnt, dass wir einen Ausflug mit dem Auto machen wollen. Egal, wohin Hauptsache ich bin dabei!

Eine Kastration
oder doch lieber einen Chip?

War ja Frauchens tolle Idee mit dem reversiblen Kastrationschip, nun ist es da, das dicke Problem, oder war es der dicke Hund? Mein Appetit ist gewaltig, und meine Figur leider auch. Oh je, drei ganze Kilos habe ich zugelegt, und das in nur zehn Wochen, kann das sein? Ja die Waage meiner Tierärztin hat es verraten, was alle schon vermutet hatten. Der Chip ist schuld, oder doch mein Frauchen? Ich wollte der von hormongesteuerte Macho bleiben, der alle Hundeschönheiten in unserem Dorf beglückt, aber wohl nur ich. Also die Hormone ganz unten und das Gewicht ganz oben? Ein Plan muss her, aber welcher, denn Ruby frisst gar nicht soviel, aber wohl doch immer noch zu viel, sagt unsere Tierärztin!
Eine strikte Diät ist angesagt, keine Leckereien mehr von Emmas & Buddys Herrchen, wenigstens erstmal nicht. Ein mini Pansen zur Begrüßung mehr nicht, sagt Frauchen. Zweites Problem, mein glänzendes Fell ähnelt dem eines explodierten Teddybären, ja mein Babyfell ist zurück und an meinen Öhrchen sehe ich aus, als hätte ich eine Dauerwelle, solche Kringellocken trage ich an, und um die Ohren. Und beim Bürsten meines Felles gehen mehr Haare aus als Frauchen glaubte, das ich sie je gehabt hätte. Ist in dem Chip ein Haarwuchsmittel eingebaut oder was? Mein Fell wird immer länger und wuscheliger, sicherlich sehe ich deswegen etwas voluminöser aus und es

sind gar keine drei Kilogramm mehr geworden. Frauchen glaubte das auch, aber die Waage sprach wieder etwas anderes, leider. Aber der Chip hält noch ein paar Monate, bevor die Hormone wieder ansteigen und ich mich wieder für unsere Dorf- schönheiten interessiere. Zur Belohnung gibt es ab jetzt nur noch vegetarisches Biofutter statt leckere Fleischstangen, ja Frauchen hat an meinen Speise- plan gedreht, also nicht mehr so viele bunte Nu- deln mit lecker Hackfleisch und Gemüse, stattdessen Hackfleisch ohne Nudeln und mit noch mehr Gemüse, noch mehr Hühnchen und Hühner- herzen und weniger Markknochen und Schwei- neöhrchen. Wenn eine Dose, dann nur noch Light Futter. Und die tollen Würstchen, die Oma Katze immer vom Einkaufen mitbrachte, die Betonung liegt auf mitbrachte, haben auch großen Schwund erlitten, wo sind sie nur hin? Aber zum Glück ist ja Sommer und wir gehen täglich zum Schwim- men ans Meer, Frauchen wirft mein Spielzeug ins Wasser und ich soll es nun wieder raus holen? Aber ich brauche das Publikum, alle rufen ja toll Ruby, wie du das Spieli holst, wenn keiner guckt, lasse ich es einfach im Wasser liegen. Wenn sich keiner für mich interessiert, habe ich auch keine Lust mehr, soll Frauchen doch selbst ins Wasser gehen, um es wieder an Land zu holen. Aber mit etwas Motivation bin ich nicht mehr zu bremsen und ich paddele um mein Leben. Es ist Spätsom- mer mein Fell bekommt wieder mehr Glanz, und es wird wieder weicher und liegt wie Seide an meinen Adoniskörper, und es ist nicht mehr so wuschelig. Oh Schreck, lässt der Kastrationschip etwa schon nach, ist doch gerade erst eingesetzt worden und schon wieder alles vorbei oder wie? Beim Gassi gehen, haben wir den eingebildeten Pudel getroffen, der immer so arrogant an mir vorbei guckt. Er läuft so hochnäsig und schaut in die Luft, als würden wir uns gar nicht sehen. Er glaubt wohl ein Riesenpudel zu sein, ist er aber nicht, hat aber auch einen Chip genau wie ich. Frauchen suchte das Gespräch mit seinem Dosenöffner und erfuhr Erstaunliches. Der eingebildete Pudel hat seinen Chip schon seit eineinhalb Jahren und er interessiert sich immer noch nicht für hübsche Hündinnen? Und bei mir soll es nach fünf Monaten schon wieder vorbei sein, das hat Frauchen gerade noch gefehlt, und mir erst. Also ein Objekt meiner Begierde muss her, eine ehemalige blonde Schönheit aus dem Nachbardorf sollte meine Gier also wecken. Ja sie wollte mich und stolzierte mit wackeligem Hinterteil vor mir hin und her, sie sollte versuchen mich zu animieren, und zu verführen. Also los zum gemeinsamen Gassi gehen aber nichts, meine Gefühle für sie waren gleich null. War ich doch vor zwei Jahren noch so verliebt in die blondgelockte Dorfschönheit, der Chip ist also schuld, dass sie mich jetzt so angezickt hatte und das nur, weil ich mich nicht für sie interessiere oder wie? Soll sie doch in ein paar Wochen wiederkommen, dann werde ich sie sicher wieder posieren, hoffe ich jedenfalls. Momentan stehe ich nicht so aufs Flachlegen, ich führe nur eine rein platonische Beziehung mit meiner Emma, und wir sind auch so ein Traumpaar. Wir knutschen durch unseren Gartenzaun und schlabbern uns die Nasen ab, bis es Emma zu viel wird mit der Knutscherei, dann sucht sie schnell das Weite.

Wird Ruby ein Dogmodel oder kommt er in die Filmtrickschule?

Aber sicher nicht mit drei Kilogramm zu viel Speck auf den Hüften, aber vielleicht später, wenn ich wieder schlank wie eine Gazelle bin? Also Vorstellungstag bei der Tiertricktrainerin, ich kann ja so allerhand Dogtricks und superwichtig in ein Objektiv schauen, das kann ich sicher auch. So nun zur Vorführung meines trainierten Könnens. So Ruby, zeig mal was du so alles kannst, Frauchen lobte mich in den höchsten Tönen, was ich alles für tolle Tricks zu Hause vorführe, auch dann, wenn es gar keiner sehen will. Ja wenn ich etwas will, mache ich allerhand verschiedene Turnübungen, möglichst noch alle zusammen das sieht sehr lustig aus, macht aber keinen Sinn und hat auch keinen großen Wiedererkennungswert. Also beim Vorturnen hatte ich wieder mal überhaupt keinen Bock den Kasper zu spielen, es war viel zu warm, und ich wollte lieber in der Sonne liegen und dösen und nicht den Zirkushund spielen. Frauchen war wieder von meiner bockigen Art nicht sonderlich begeistert, waren wir doch in der Hitze extra eine Stunde dort hingefahren, nachdem wir schon Wochen auf einen Termin gewartet hatten, und dann, nichts. Ich hatte keine Lust und das habe ich auch raushängen lassen. Ich war mit nichts zu motivieren, nicht mal mit netten Worten. Die Trainerin fand mich Klasse, sie meint es ist ja auch gut, das ich einen eigenen Charakter habe und weiß, was ich will, oder auch nicht will.

Ja das weiß ich sehr gut, zu Hause mache ich immer den Kasper, aber nicht auf Kommando. Also fahren wir später wieder mal hin, wenn ich dann mehr Lust dazu habe, oder wir lassen es einfach. Und mit den tollen Hundewettbewerb wo ich ja mitmachen sollte, weil Frauchen glaubte, ich hätte so enorm viel Spaß daran, haben wir auch erstmal abgesagt, macht ja nicht den besten Eindruck wenn ich dann doch keine Turnübungen vorführen will, und alle denken, das ich das gar nicht kann. Können schon, und was ich alles Tolles kann, nicht nur Rolle Links und Rolle rechts, auch toten Hund spielen, oder im Liegen kriechen, und im Sitzen beide Pfötchen geben, auch beim Guten Morgen meine Pfote geben, hat Oma Katze mir beigebracht. Aber eben nur nicht immer auf Befehl, sondern wenn ich gerade Bock dazu habe.

Eine Neue Freundschaft für Ruby

So etwas nennt man wohl Liebe auf den ersten
Nasenstupser, er heißt Ben und ist ein frecher Lab-
rador und aus demselben Holz geschnitzt wie ich,
zusammen haben wir nur Blödsinn im Kopf.

Ruby im tiefsten Schnee

Praktischerweise wohnt er gleich neben mir, so das ich jeden morgen bei der Frührunde erst mal einen Blick zu seinem Haus riskiere, ob er auch gerade seine Morgenrunde gehen will. Wenn nicht, schaue ich am Mittag, am Abend, dann wieder am Morgen vorbei. Aber meistens gehen wir ein paar Mal die Woche gemeinsam zum Spielen an den Strand, in den Ruhewald, oder wir toben in einem unserer vielen Felder umher,so mitten durchs Getreide, oder durch die hohen Mais Felder, und dann ab in einen stinkenden alten und verdreckten Tümpel zum Baden. Ben ist blond und ein Kerl, eigentlich stehe ich ja mehr auf Blondinen, zurzeit stehe ich allerdings nur auf Ben. Obwohl er ein Rüde ist, das ist mir aber egal, wir sind auch so ein Traumpaar. Aber mit Ben ist es etwas ganz Besonderes, unsere Zuneigung ist enorm, wann immer wir uns treffen, wird erst einmal geküsst und um die Nasen geschlabbert, was der Speichel hergibt. Und wenn ich mein Geschäft mache, legt er sich hin und geht keinen Schritt weiter, bis ich fertig bin, zum Leidwesen seines Herrchens. Wir gehen gemeinsam schwimmen, andere Rüden ärgern und teilen uns sogar ein Stöckchen zum Spielen. Der eine zieht links und der andere rechts. Nur mein Gummihuhn, das teile ich nicht, außer mit meinem Frauchen. Sie soll es immer ins Wasser schleudern und ich gehe es dann retten, bevor es wieder im Meer versinkt. Eine tolle Freundschaft führen wir, ich bin der Romeo unter den Hunden und meine Julia habe ich ja auch gefunden und das ist Ben. Wahre liebe gibt es eben doch nur zwischen Rüden. Aber als Ben ein neues Wasserspielzeug von seinem Frauchen bekommen hat, ging die Eifersucht mit mir durch, weil er ständig mit dem Ding voller Stolz vor meiner Nase herumlaufen musste. Also ging Frauchen am nächsten Tag mit mir in ein Zoogeschäft und ich suchte mir ein Spielzeug aus, natürlich sollte es das gleiche sein. Am Tag danach hat mein Freund Ben aber ziemlich doof geguckt, als ich nun auch so eins hatte, und wir beide mit dem gleichen Spielzeug im Maul den Weg zum Strand runterliefen. Aber wir wollen ja sowieso lieber immer mit dem spielen, was der andere gerade hat. Ja wir Hunde sind eben auch wie kleine Kinder.

Ist Ruby
Frauchens Spiegelbild?

Sind Frauchen und ich uns eigentlich ähnlich? Bin ich der Spiegel ihrer Seele, und was für Gemeinsamkeiten haben wir noch? Die gleiche Haarfarbe haben wir ja auch. Oft schaut sie mich fragend an und denkt, hat Ruby ein eigenes Bewusstsein von sich selbst, wenn ja, was denkt er wohl gerade, und hat er einen freien Willen, oder wird er von einen genetisch festgelegten Programm gesteuert, das sein Tun und Verhalten bestimmt ?

Ja Ruby hat eine gute Seele, ein Blick in seine liebevollen Augen verraten leider auch nicht alles, aber doch ganz viel, und sie strahlen sehr viel Wärme, Selbstbewusstsein und Freude aus. Glückliche Hunde erkennt man an der Körpersprache und der Mimik, beim Lachen blitzen Rubys weißen Zähne hervor, und das sieht sehr witzig aus. Warum lachen manche Hunde und manche nicht, schaut er sich das von den Menschen ab, oder wird es ihn schon in die Wurfkiste gelegt, ist es ein Lachen, oder doch eher ein Grinsen? Aber wenn er unbedingt etwas haben möchte, kommt auch mal der Dickschädel durch, oder es blinken kleine Herzchen in seinen Bambi Augen, nützt nur leider nicht immer was. Ruby ist mal wieder in der Rüpelphase, ein richtiges Raubein, ein Dickschädel und Schwerenöter. Frauchen guckt mich an und fragt mich, ob ich ein Waldi bin oder was, und das nur, weil ich mal bockig bin wenn ich nicht das bekomme was ich will? Ja ich bin ein Happy-dog, die Liebenswürdigkeit in Hundeperson, eine Wasserratte und Frohnatur, eine supersüße Grinse-backe, ein Powerboy und Fullpacket, meine Aus-dauer und der Wille zu arbeiten sind enorm. Ein drolliger Macho Aussie eben. Manchmal denkt Frauchen, ich hätte einen Clown verschluckt, weil ich vor lauter rumgekasper nicht mehr geradeaus laufen kann. Und wenn ich ein neues Geschenk bekomme, ist meine Freude immer so groß, dass einem bei dem Anblick das Herz aufgeht. Sofort wird es meinen lieben Frauchen vor die Füße, oder direkt in ihre Hand gelegt, das ist meine Art mich dafür zu bedanken, und das kommt immer gut bei ihr an.

Ruby die Intelligenzbestie

Wir testen meine Intelligenz, also ich sitze vor Frauchen und sie versteckt kleine Futterstücke unter mehreren Pappbechern im Zimmer. Nun soll ich versuchen an die Wurstenden ranzukommen, für mich ist das viel zu einfach. Pfote draufhauen, der Becher fällt um und schon kullert die Wurst raus und das soll jetzt lustig sein? Also zu einfach, jetzt werden die Becher an geheimnisvollen Orten in unserem Haus versteckt, ich mache mich voller Aufregung auf die Suche und finde fast alles. Aber wieso ist nicht unter jeden Becher etwas zu finden, komisches Spiel, aber der nächste Becher hatte es in sich, Pfote draufhauen und schon kommt ein Stück Straußenfleisch zum Vorschein, das ist witzig, ich bin beschäftigt und es sind tolle Belohnungen darunter versteckt. Aber so oft brauche ich das auch nicht zu spielen, für mich ist es etwas zu einfach, da sollte Frauchen sich mal etwas mehr Gedanken machen. Aber oft versteckt sie mein Spielzeug am Strand, oder irgendwo unterwegs, wenn ich gerade wieder die Gegend erkunde und nichts von alledem mitbekomme und mich dann wundere, wo mein Plüschhase oder mein Wasserspielzeug geblieben ist. Dann heißt es Ruby, wo ist denn dein Hase, ja wo ist er denn, such und bringe es Frauchen. Oh, dann aber los kann ja nicht weg sein, war ja eben noch da. Also wie von Sinnen renne ich umher und schnüffele den ganzen Boden ab, in der Hoffnung es zu finden, meistens mit Erfolg und das macht richtig Spaß.

70

Und Frauchen ist mächtig Stolz auf mich, weil ich so schlau bin, und immer weiß, wo ich suchen muss. Mein Glücksfaktor ist ganz viel kuscheln, lange Spaziergänge im Wald oder in den Feldern, oder einfach nur mal im Garten abhängen und den Faulenzer raus hängen lassen. Alte Knochen ausgraben oder die leckeren Schweineöhrchen wieder ausbuddeln, die ich irgendwann mal vergraben hatte, dass macht Laune. Dann noch eine genussvolle Bauchmassage abholen und in der Sonne dösen was für ein klasse Hundeleben. Aber am liebsten gehe ich zum Strand, keine Wassertemperatur ist mir zu kalt, ich gehe immer baden, egal zu welcher Jahreszeit. Es sei denn, die Ostsee ist zugefroren wie im letzten Winter, dann wird Frauchen panisch und nimmt mich lieber an die Leine, damit ich nicht wieder aufs dünne Eis laufe und einbreche, so wie schon einmal. Ich bin zwar nur in einer etwas größeren Pfütze eingebrochen, aber ich hatte panische Angst und bewegte mich keinen Schritt, weder vor, noch zurück, ich stand da wie festgefroren. Frauchen hatte Angst das mir bei den eisigen Temperaturen die Pfoten einfrieren, und holte mich aus dem kalten Wasser wieder auf trockenem Boden zurück. Unsere Freunde wollten sich kugeln vor Lachen, weil Ruby doch nicht in so einer kleinen Pfütze ertrinken könnte! Ich war jedenfalls gerettet, aber Frauchen musste noch mit ihren nassen Füßen ein ganzes Stück laufen, bis wir zu Hause angekommen sind.Ihre Füße und Hände waren steif und völlig unterkühlt, Oma Katze hat erst mal ein warmes Fußbad gemacht, um mein liebes Frauchen vor einer schlimmen Grippe zu bewahren. Während sie langsam auftaute, habe ich es mir so richtig gemütlich auf dem Sessel gemacht, bis Frauchen kam, da war es vorbei mit der Gemütlichkeit. Ein entsetzter Blick sagte alles, als sie sah, dass meine gefrorene Pelzbedeckung langsam auftaute und tröpfchenweise den Sessel versauten, alles nass und dreckig war, meckerte sie mich an und sagte, Ruby runter vom Sessel du alter Macho, du Egomane, lege dich gefälligst auf deine Decke. Gehorsamsübungen gehören ja auch zu unserem Programm, Frauchen findet das wohl wichtig, ich nicht, wo zu auch, ich kann ja alles, wenn ich will. Wenn ich keine Lust habe, mache ich das sowieso nicht oder besser gesagt nur sehr widerwillig und auch nicht sehr lustvoll.

Wie kommen all die Socken in Rubys Körbchen?

Drei volle Wäscheständer zierten unseren Garten, aber wo sind all die Socken abgeblieben, nur zwei kleine Söckchen hingen noch auf der Leine rum, können Socken laufen, oder wo sind sie hin? Es kommt ein Lautes Ruby, wo sind die Socken, bringe sie sofort wieder zurück! Ich tat wieder mal so, als wüsste ich gar nicht, was sie von mir wollte und setzte meinen supergelangweilten Blick auf. Ich schaute in der Gegend umher, als würde mich das überhaupt nicht interessieren, tut es ja auch nicht. Ich wusste ja, wo ich sie alle versteckt hatte, in meinem Körbchen, wo ich alles unter mein Kuschelkissen vergrabe, und sich schon so allerhand wieder an gefunden hatte nach langem Suchen. Ich sammele Socken, wie andere Hunde Knochen, bin ich ein Sockenfetischist ? Und bevor Frauchen dann ins Bett kommt, hole ich sie raus und kaue ganz genüsslich darauf rum, und beiße kleine Löcher rein. Wenn ich Glück habe, zieht sie mir vor dem Schlafengehen noch mal eine Socke auf meine Nase, und ich laufe wie ein Kasper im Zimmer damit auf und ab, aber nur wenn ich Glück habe. Sonst vielleicht morgen früh, gleich wenn sie ein Auge aufmacht, stehe ich schon da mit meiner Socke zwischen den Zähnen, ich warte, und warte bis sie endlich die Augen aufmacht. Es ist zwar noch Dunkel draußen, aber ich lasse nichts unversucht, mein Frauchen morgens früh schon zum Spielen zu animieren. Oft tut sie dann so, als würde sie noch schlafen, aber mir entgeht nichts und wenn sie mir nicht die Socke über die Nase stülpen will, hole ich ganz schnell mein Schaf oder die große neue Giraffe, und dann kommt wieder der Satz, Ruby hast du heute Morgen einen Clown gefrühstückt, oder warum bist du schon so lustig ? Ich habe eben immer gute Laune, oder fast immer, oft albere ich rum wie Oskar in der Suppenschüssel. Ein liebevoller Blick schon am Morgen, und ich zaubere meinen Mitbewohnern ein Lächeln ins Gesicht. Frauchen meint, ich bin ihr Sonnenschein auf 4 Pfoten.

Ruby am Ostseestrand

Rubys spannende Ausflüge ins Futterhaus

Prima Frauchen, ich und Oma Katze fahren in ein Futterhaus und schauen uns neues Spielzeug an, hatte Frauchen doch so viel aussortiert für Tiere in Not, vielleicht bekomme ich ja wieder ein neues Gummihuhn? Nein leider nicht, Oma Katz hatte wieder mal irgendwelche Halsbänder, Leinen und Geschirre in den Händen, aber diesmal hoffentlich ohne Klickverschluss. Aber ich hatte wieder mal Glück, denn alle waren so beschäftigt, das ich mich erst mal in aller Ruhe an der Futtertheke, die genau hinter uns stand ordentlich durchgefuttert hatte, mit leckeren Pansen und sonstigen Naschereien . Als mir vom vielen Fressen schon etwas übel wurde, kam der nette Verkäufer und bat Frauchen doch ihre Leine etwas kürzer zu nehmen, weil Ruby die Theke aussortiert, und das wird nicht so gern gesehen. Oma bot an, zwei Pansen zu zahlen, ich hatte aber mindesten drei gestohlen, wir brauchten aber keinen zu bezahlen, weil ich hier ja sehr oft vorbeikomme und mir immer viele tolle Sachen aussuchen darf. Da mein Frauchen mir selten widerstehen kann, gibt es immer irgendetwas, was ich brauchen kann, oder auch nicht. Obwohl mein Körbchen oft aussortiert wird, ist es immer voll. Wie kann das sein? Wird noch zu wenig an Tiere in Not abgegeben, oder wird einfach nur zu viel Neues angeschafft? Jetzt ist erst mal Schluss Ruby, du hast genug zum spielen, es gibt fast kein Stofftier, was nicht in deinen Körbchen liegt, oder wenigstens mal gelegen hat. Kann ein Hund zu viele Spielsachen haben, zu viele Leckerchen bekommen oder zu viele Bauchmassagen einfordern, nein sicher nicht, nur zu viele Befehle bekommen, wie Ruby, tu dies nicht oder lass das, benimm dich, oder sei jetzt mal ein lieber Hund, bin ich sowieso fast immer, aber manchmal geht mein Temperament einfach mit mir durch. Dann bin ich wie von Sinnen und weiß nicht, wohin mit meinem Übermut, noch schnell ein paar andere Hunde anbellen und verjagen, die Regale mit den Spielsachen ausräumen, und möglichst noch in eine Ecke markieren, und dann aber schnell weg, bevor es wieder Ärger mit dem Verkäufer gibt.

Ruby besucht
einen Islandpferdehof

Toll, wir besuchen Islandpferde und so hatte Frauchen sich das auch vorgestellt mit mir!Beim Anblick der großen Konkurrenten ging wieder mal die Eifersucht mit mir durch, Frauchen schwärmte in der schönsten Tonlage von den Pferden, und das, wo ich genau danebenstand. Das hatte mir gerade noch gefehlt, das ich lernen sollte, neben den Pferden zu laufen während Frauchen sich hoch zu Ross begibt, und ich soll nun daneben herrennen oder was? Möglichst noch im hohen Sand, so das ich mir beim laufen noch auf die Zunge trete, weil sie mir vor Anstrengung auf den Boden hängt, aber ohne mich. Also wird erst mal an der langen Schleppleine das Gehen neben dem Pferd geübt und dann hatte ich meinen Auftritt. Das Pferd war auch nicht so begeistert mich wiederzusehen, hatte ich es doch schon des Öfteren so laut angebellt, dass es ziemlich sauer war und mir durch seine großen Nüstern die ganze Luft, die es in sich hatte, in mein Gesicht geblasen hat. Das fand ich gar nicht so lustig und ich schnappte nach seinen riesigen Nasenlöchern und dann, wurde er erst so richtig sauer, drehte sich um und versuchte mir eine auf mein Hinterteil zu verpassen. Frauchen war echt genervt und meckerte uns beide an, ob es wohl noch gehen würde mit uns beiden. Also mit mir geht es schon, aber ob das Pferd mich noch mal neben sich duldet glaube ich kaum, denn ich versuchte mich an seinen Schweif zu hängen um mich von ihn ziehen zu lassen, leider mochte er das überhaupt nicht haben. Wenn wir auf den Hof kommen, schaut er erst mal ganz vorsichtig um die Ecke ob Frauchen hoffentlich ohne mich kommt, und ich muss da auch nicht so dringend wieder hin.

Hausaufgaben für Ruby

Nach dem sehr langen Winter, es waren ja leider nicht so viele meiner Kollegen unterwegs, haben wir etwas mit meiner Erziehung geschludert und das wollen wir jetzt wieder etwas auffrischen. Wir brauchten nicht so auf gehorsam zu achten, weil uns nur selten andere Hunde begegneten. Also werden wieder während des Spaziergangs ein paar Übungen mit eingebaut. So von nun an soll ich wieder öfters an Frauchens Fuß laufen! Wenn ich direkt neben ihr gehe, also an ihrem Knie laufe, kommt ein toll Ruby und ab und zu gibt es auch eine kleine Belohnung für mich. Das macht Spaß, aber lange habe ich dazu keine Lust, also einfach mal langsam hinter ihr hertrotten, aber jetzt gibt es gar keine netten Worte und schon überhaupt keine Belohnung mehr für mich? Warum höre ich gar nichts, werde ich etwa ignoriert, bin ich jetzt Luft oder was? Mal vorgucken, was Frauchen hat. Ich verstehe, wenn ich an Ihrem Knie bei Fuß laufe, ist es das, was von mir verlangt wird, gehe ich dahinter bin ich Luft für sie und das mag ich ja überhaupt nicht. Ich will immer gelobt werden, das brauche ich für mein Ego. Ja ich bin ein Egomane, aber sind das nicht alle Hunde? Ja wir machen alles mit einem Hintergedanken und schauen, das es sich auch für uns lohnt und wir einen Vorteil davon haben, oder wenigstens etwas für uns dabei raus springt. Und wenn es nur ein paar Streicheleinheiten oder Leckerchen sind und ein paar liebevolle Worte, das hört doch jeder Hund gern. Ich brauche ja nur eine kleine Auffrischung zwischendurch, weil wir im Winter nur Spaß hatten und im hohen Schnee rumgetobt sind und die Übungen völlig vernachlässigt haben, vor lauter Toberei. Aber das musste auch mal sein, so einen tollen Winter hat man ja nicht jedes Jahr. Und ich kann das ja alles sehr gut, wenn ich will, oder muss.

Ruby beim Agillity

Warum ist
Rubys Hintern so Dick ?

Hat denn noch keiner meine dicke Beule an meinen Popo gesehen? Keinen Schritt wollte ich mehr machen, und schon gar nicht den langen Weg zum Strand mit meinem Freund Ben. Ich war nicht stur, ich hatte wie sich später rausstellte einen Stachel in meinem Hintern und das war gar nicht lustig. Alle glaubten, ich hätte schlechte Laune, was eigentlich eher selten der Fall ist. Ich bin ja ein Hund, der sehr witzig ist und morgens früh den Eindruck erweckt, schon einen Clown gefrühstückt zu haben. Als Ben mir dann auf den Weg zum Wald mit hocherhobenem Kopf sein neues Spielzeug vorführen wollte, war ich so richtig genervt von ihm und seinem neuen Spielzeug. Das war mir so was von egal. Ich hatte ja genug mit meinem stacheligen Popo zu tun! Nachdem mein Frauchen sich auf die Suche nach meiner Schwellung gemacht hatte, und einen fiesen Stachel gefunden hatte, wurde sofort mit der Wundversorgung begonnen. Am nächsten Tag ging es mir zum Glück schon viel besser, noch ganz viel Kuscheln, ganz leidig gucken, nicht so viel toben und mein Frauchen um die Pfoten wickeln. Es wirkt immer wieder Wunder, wenn ich so wehleidig gucke und einen auf kranken Hund mache, dann kann mir keiner mehr widerstehen.

Wer soll kommen ?

Hat Frauchen heute schlechte Laune, oder warum
zerrt sie so an meiner Leine rum. Kaum abgeleint,
ruft sie schon wieder komm her Ruby, was ist
denn jetzt schon wieder los, bin doch gerade erst
los gegangen, soll das für heute alles gewesen sein
oder wie? Ich bin doch nicht schwerhörig, und
einen Tinnitus brauche ich auch nicht. Ich habe
schon verstanden, was sie von mir will. Ja ich
habe mich Frauchens kommunikationsweise ange-
passt und verstehe auch sehr viele ihrer Handbe-
wegungen, allerdings nicht, wenn sie wie wild mit
ihren Händen in der Gegend rumgestikuliert, ich
brauche eine klare Ansage, oder ein deutliches
Handzeichen um zu verstehen, was sie von mir
will. Ich höre ein leichtes Knurren in ihrer Stimme
und gehe lieber mal hin, wer weis, was sie von mir
will. Oder lieber doch nicht, wenn sie gerade so
brummig ist, ich kann ja auch später noch mal
bei ihr vorbeischauen, Ärger gibt es sowieso, den
kann ich mir ja auch später noch abholen, der läuft
ja nicht weg, Leider.   Ich erwarte ein Fröhliches
Ruby, mein kleiner Sonnenschein, könntest du
bitte mal zu deinem Frauchen kommen, oder wenigstens so ähnlich, anmotzen lassen kann ich
mich auch von anderen hysterischen Rüden, dafür
brauche ich doch mein Frauchen nicht. Zum
glück meckert sie selten mit mir, vielleicht meint
sie mich gar nicht, ich tue mal so, als fühle ich
mich nicht angesprochen. Und dann, ein Lautes
Ruby, komm sofort hierher wenn ich es sage, aber

etwas zackig. Ist ja schon gut ich bin ja schon unterwegs, ich gehe mal etwas langsamer, vielleicht beruhigt sie sich ja wieder, bis ich bei ihr angekommen bin. Wird ja nicht so wichtig sein, oder doch? Es war wichtig, denn meine große liebe Paula war wieder mal am Strand unterwegs und das heißt Vorsicht, denn sie hat nur Blödsinn im Kopf und versucht mich immer hinter die Dünen zu locken, um die Schafe und Kühe zu verjagen, was ich aber leider nicht darf. Also an die Leine und nichts mit Paula anstellen, wir gehen in die andere Richtung und siehe da, meine dunkelhaarige Ex-Freundin ist auch hier, und schon wieder mit einen Babybauch unterwegs, oder hat sie noch nicht abgenommen, seit wir am Strand zusammen verschmolzen sind? Nein sie hat sich wohl noch nicht davon erholt, und hat für die Zukunft einen Hängebauch, ist mir aber egal, ich habe ja sowieso eine neue Liebe, und meine Lieblingshaarfarbe hat sich auch geändert, denn die ist jetzt blond!

Ein Beziehungstest
für Hund und Halter

Ruby ist ein Dickkopf, und wohl wieder in seiner
Rüpelphase, also macht Frauchen einen Beziehungstest für Hund und Halter. Ist Ruby ein glücklicher Hund und lacht er noch bis man seine
schönen weißen Zähne sieht, zieht er seine Lefzen
noch so hoch beim lachen, das man glauben
könnte, sie wären an den Ohren festgetackert?
Was erwartet Frauchen von mir und ich von ihr?
Frauchen kauft eine interessante Hundezeitung
und macht mit Ruby einen Beziehungstest! Über
zweihundert Fragen werden uns gestellt, und Frauchen soll ja nichts beschönigen, auch nicht die un-
bequemen Fragen, immer schön bei der Wahrheit
bleiben. Ich würde die Fragen sicher anders beant-
worten, oder ist Frauchen ehrlich zu sich selbst?
Wir setzten uns gemeinsam auf den Fußboden und
Frauchen kreuzte die Fragen an, sah mich oft mit
fragenden Blicken an und nahm mich in den Arm
in der Hoffnung, dass wir ein eingespieltes
Dream-Team sind. Jetzt heißt es abwarten, denn
der Test muss ja noch ausgewertet werden und
dann sehen wir, wie es wirklich um uns steht.
Nach dem Zusammenzählen und ausrechnen, nun
das Ergebnis, wie wir ja schon vermutet hatten,
wir führen eine partnerschaftliche Wohngemein-
schaft, ein harmonisches Miteinander, Frauchen
nimmt Ruby ernst und Ruby Frauchen auch. Ich
kenne meine Grenzen, habe aber definierte
Freiräume und darf in angemessener Weise selbst-

ständig agieren. Wie schön, Ruby respektiert Frauchens souveränen Status, und orientiert sich an den von Ihr festgelegten Vorgaben. Meine hohe soziale Kompetenz gibt mir Selbstsicherheit im Umgang mit anderen Hunden und Menschen. Klasse wir haben eine gleichberechtigte Beziehung, so wie es sein soll. Frauchen meint, sie hätte nichts beschönigt bei den Fragen, ich als Hund sehe das genauso, auch wenn es zwischendurch mal einen anderen Eindruck macht, und ich doch erst mal woanders hin muss, wenn ich gerufen werde, bin ich ein sehr braver Hund, der sehr gut einschätzen kann, was er darf oder lieber nicht machen sollte. Ja wir wurden beglückwünscht, weil wir das Spiel von Grenzen setzen und Freiraum geben, ja Freiraum brauche ich auch, aber wenn ich Frauchen nicht mehr sehe, packt mich die nackte Panik, und dann bin ich aber so was von schnell zur Stelle, wie der Blitz komme ich angerannt und stehe bei Fuß. Bei uns stehen nicht Gehorsam und Kontrolle im Mittelpunkt, sondern meine Talente werden gefördert. Wir lernen öfters neue Dinge, damit das gelernte nicht zur Routine wird und es mir zu langweilig wird und ich dann unzufrieden werde. Das wollen wir vermeiden, denn ein glücklicher Hund heißt auch ein glückliches Frauchen und eine heile Wohnungseinrichtung, keine kaputten Schuhe, kein rumgejammere und auch kein Rumgebelle, sondern strahlende Augen, eine schöne glänzende Fellbedeckung und ein ausgeglichener Hund, dass ist ein klasse Hundeleben.

Ist Ruby
doch ein Schönwetterhund?

Oh nein, es regnete tagelang in Strömen und ich hatte mich schrecklich erkältet und huste, was die Lunge hergab. Die Nase läuft wie ein Wasserfall und Frauchen holte das schreckliche Regencape was sie mir mal mitgebracht hatte wieder aus dem Schrank. Ich sah sie damit kommen und kroch unter unseren großen Esszimmertisch in der Hoffnung, sie würde mich nicht sehen, aber nein, ich sollte das graue Ding mit den in gelb leuchtenden Hundepfoten an den Seiten tatsächlich anziehen, aber ohne mich. Wie schon beim letzten Mal machte ich keinen Schritt vor die Tür, es war auch etwas zu eng geworden mit der Zeit. Ich sah darin aus, wie eine Presswurst meint Frauchen. Also ließen wir die Seiten einfach offen, der Gurt passte ja nicht mehr unter meinen etwas dicklich gewordenen Bauch herum, zum Glück, und dann gingen wir Gassi. Also Frauchen ging, ich nicht, ich stand wie angewurzelt vor unserer Haustür und machte keinen Schritt und musste auch gar nicht mehr, wollte ich doch eigentlich los und nun, kein Pipi verlangen mehr da, aber wo ist es denn hin? Ein Blick aus der Tür, den Regenguss gesehen und mein Ausgehverlangen war getrübt. Das fehlte mir gerade noch, so vor die Tür zu gehen und meine Freunde zu treffen, Ben und Emma wohnen gleich nebenan. Keiner meiner Freunde hat einen Hundemantel, ich bin doch kein Weichei oder vielleicht doch? Wenn es regnet, habe ich keine Lust auch nur einen Schritt vor die Tür zu setzen, es heißt ja nicht umsonst, bei dem Wetter jagt man keinen Hund vor die Tür! Da ist schon irgendetwas Wahres dran. Früher haben Hunde wie ich vor der Tür im kalten Schnee gelegen oder in der Scheune geschlafen, nicht in glanzvollen Hütten gewohnt und mittags noch auf dem Sofa Rumgelegen, um danach möglichst gleich ins Bett zu gehen. Werden wir zu viel verwöhnt und schauen den Regen lieber hinter der Terrassentür an, können Hunde zu sehr verwöhnt werden? Sicher nicht. Aber wozu haben wir denn Fell, ich bin doch kein Nackthund, der einen Regencape braucht. Aber wenn es schneit, sollte Frauchen ruhig mal erwähnen, wie ich mich im Schnee wälze und wie ein Irrer hinter den Schneebällen herjage, da ist es mir sicher nichts zu kalt und zu nass. Ich liebe den Winter, ich habe zum Glück auch ein dickes Fell, das mich aussehen lässt, wie ein Brummbär im Hundeformat.

Ein Steinbock Namens Ruby

Da ich vom Sternzeichen ein Steinbock bin, brauche ich wohl auch nicht zu erwähnen, dass ich sehr gut weis, was ich will oder auch nicht will. Ich bin sehr strebsam und will ständig neue Dinge lernen, Harmonie und kuschelsüchtig, sehr sensibel und meistens gut gelaunt. Ich stecke gern mal meine Grenzen ab und meine Ziele verfolge ich sehr gewissenhaft. Nur faul im Körbchen rum liegen ist gar nicht so mein Ding. Im Körbchen? Wenn schon rum liegen, dann lieber auf dem Sofa oder im Bett. Ich bin sehr eifersüchtig und liebe möglichst die ungeteilte Aufmerksamkeit und finde es Klasse, wenn sich alles um mich dreht. Es sei denn ich bin müde, dann will ich auch mal meine Ruhe haben. Wenn ich dann wieder wach bin, stehe ich da und lasse gerne mal den Kasper raushängen, falls es gerade jemanden interessiert, sonst schlafe ich eben noch eine Runde weiter, bis man sich wieder so richtig über meine Temperamentsausbrüche freuen kann. Frauchen und ich harmonieren sehr gut, weil wir doch eine gewisse Ähnlichkeit haben, oder sind wir wie Tag und Nacht, oder doch wie der Herr so das Geschirr? Sie ist ein Skorpion und spielt auch gern mal den Dompteur, genau wie ich. Wir haben beide unsere Macken und respektieren die Eigenarten des anderen, mal mehr und mal weniger!

Rubys Geburtstagswünsche an Frauchen,

Eine riesige Garten Party mit all meinen liebsten Freunden.

Den ganzen Garten mit lustigen bunten Luftballons verzieren.

Eine große Torte mit lecker Thunfisch Belag auf einem Silbertablett serviert bekommen.

Hundebier aus Frauchens leckerer Wasserflasche.

Selbstgebackene Gemüsetaler in Knochenform mit feiner Petersiliengarnitur.

Einen ganzen Tag in Frauchens Bett abhängen.

Einen Tag im Hunde Wellnesshotel rumhängen und sich so richtig durchkneten lassen.

Von Oma Katze mit lecker Würstchen vollgestopft zu werden.

Stundenlange Bauchmassage bis zum Einschlafen.

Den ganzen Tag die Kätzchen ärgern.

Einen Tag allein in einem Futterhaus verbringen.

Bei allen meinen Freunden vorbeischauen um meine tollen Geschenke einzusammeln.

Einen großen Korb mit vielen neuen Stofftieren.

Oder doch einfach nur ganz viel kuscheln, wie immer !

Die Pfote des Grauens

Ich bin ein unverbesserlicher Schönlings-Macho-hund und auf den Duft unwiderstehlicher Hunde-damen fixiert. Am frühen Abend in der Abenddämmerung bei unserer letzten Gassi runde durchstöberte ich ein Gebüsch nach interessanten Düften, vielleicht war ja meine Angehimmelte auch gerade auf ihrer letzten Tour unterwegs und wartet gespannt darauf, mich noch zu treffen. Sie schaut manchmal abends hier noch vorbei, um mich noch schnell zu einem Rendezvous abzuholen. Ein lauter Schrei von mir und meine linke Pfote hing lustlos in der Gegend rum, aber was war passiert? Ich wollte nicht mehr auftreten und mein Anblick war jämmerlich. Ich guckte, wie ein Hund nicht leidiger gucken kann, und humpelte mit der Pfote des Grauens meinem Frauchen ent-gegen. Eine große Untersuchung vor Ort war un-erlässlich, aber das ist nicht so einfach im Dunkeln. Aber zum Glück haben wir ja immer eine Taschenlampe für solche Fälle bei uns. Keine Glasscherbe, kein Stachel in Sicht, keine offene Wunde und gebrochen scheint auch nichts zu sein, alles nur Einbildung um abends während des Spa-ziergangs noch etwas Mitleid zu erregen, oder vielleicht doch beim typischen Rüden Markieren das Hinterbein zu hoch gestreckt und mit der Vor-derpfote umgeknickt ? Oder ist die Pfote des Grauens etwa doch gebrochen, was ja natürlich meistens bei der ruhigen Abendrunde passiert, und nicht beim Rumtoben mit Freunden, nein! Und nun, 33Kg reine Muskelmasse nach Hause tragen, oder doch lieber gleich eine Amputation vor Ort vornehmen? Wir humpelten bis zur nächsten Sitzbank. Völlig angewidert mit weit hochgestreckter Pfote kam Ruby zu mir, um mir den Übeltäter zu präsentieren, und dann nahmen wir eine ausgiebige Erkundung vor und siehe da, der Übeltäter wurde gefunden. Man glaubt es nicht, Ruby spinnt, auf der Pfote des Schreckens hatte sich eine kugelrunde dicke Zecke platziert, die sicherlich nicht erst seit eben dort ihr neues zu Hause gefunden hatte, oder war es doch ein Nachttumor? Ruby gab mir zu verstehen, das er so jedenfalls keinen Schritt weiter gehe kann. Weil Frauchen aber nicht bei der Abendrunde eine Zeckenzange mit sich herumschleppt, hatten wir ein Problem, denn es wurde ja auch nicht heller am Abend. Mein leidiger Hund und ich blickten entsetzt auf die Pfote des Schreckens und wir wussten beide, dass man so nicht weiter gehen kann. Ruby das Sensibelchen hatte schreckliche Qualen erlitten, und wer schon mal eine Zecke auf seiner Pfote hatte, der weiß, wie fürchterlich so etwas sein kann. Natürlich!!! Ruby brauchte noch ganz viel Mitleid und liebevollen Zuspruch, ein paar Streicheleinheiten und das große Indianerehrenwort, wenn wir nach Hause kommen, den Übeltäter natürlich sofort zu entfernen. Und Ruby versteht ja fast alles, denn das humpeln war wie niemals dagewesen, und der leidige Blick war auch nicht mehr vorhanden. Das erweckte ja wieder mal den Eindruck, dass Ruby meine Aufmerksamkeit erregen wollte, was er ja auch geschafft hatte.

Auch Ruby hat einen Anspruch auf Distanz

Ich habe auch das Recht auf Distanz und muss nicht alle Hunde lieben. Wenn ich an der Leine daherkomme, kommt mit hoher Wahrscheinlichkeit ganz unverhofft irgendwoher ein Hund angerannt, und wenn ich ganz viel Pech habe, stürzt er sich auch noch auf mich und fängt einen Streit mit mir an. Dann kommt auch schon von Weitem ein lauter Schrei, der tut nichts, der ist ganz lieb. Aber hören kann der Hund offensichtlich überhaupt nicht gut! Er will ja nur spielen, und springt mein Frauchen mit einem Satz mitten ins Gesicht. Dann noch schnell auf mich losstürmen und immer noch nicht auf das Rufen des Halters hören, na klasse, und Ruby soll das auch noch lustig finden, tut er aber nicht, und ich auch nicht. Es wäre schön, wenn alle Hundehalter etwas mehr Rücksicht auf angeleinte Hunde nehmen könnten und sie nicht einfach auf andere Hunde loslaufen lassen würden, denn nicht jeder Hund muss zwangsläufig den anderen mögen, der da gerade angerannt kommt. Und das Miteinander zwischen Hunden und Haltern wäre viel harmonischer und entspannter.

Ruby der Schmutzfuß hat unser Sofa ruiniert

Was ist denn hier passiert, sitzt Ruby jetzt ohne seine stolze Haarpracht unter dem Wohnzimmertisch oder was ist das, was da auf dem Sofa liegt, hatte ich ein Plüschsofa mit Fellbezug gekauft, und was sind das für Haare auf dem Sofakissen? Mein Kanide leidet wohl unter dem Klimawandel und seine Haarpracht leider auch. Es ist Spätsommer und schon früh dunkel, und wenn Ruby Frühmorgens aus den Federn kommt, ist es auch noch nicht ganz hell. Es regnet und stürmt den ganzen Tag, orkanartig ist es hier an der See, keine Sonne, alles grau in grau, da soll die Fellpracht wohl auch nicht mehr wissen, was für eine Jahreszeit wir gerade haben. Ruby ist das alles völlig egal, er hat so ein puscheliges Fell, das es auf die Sofa Haare sicher auch nicht mehr ankommt. Und warum machen Hunde immer die Decken, die extra für sie angeschafft worden sind, damit sie aufs Sofa dürfen, zu einer Art Deckenknäuel und werfen sie auf den Fußboden, hat das irgendeinen Sinn? Super unser Wohnzimmer wird jetzt von einem schicken Sofa mit schwarzen Pfotenabdrücken und bunten Hundehaaren dekoriert. Ich machte es mir gerade für einen gemütlichen Mittagsschlaf auf dem Sofa bequem, als mein Frauchen um die Ecke kam und fast einen hysterischen Anfall bekam, als sie das helle Sofa sah. Vor lauter Schreck platzierte sie sich in die äußerste Ecke des

Sofas, mehr Platz war ja nicht da, ich lag in Rückenlage breitbeinig nach unserem Waldspaziergang auf dem Sofa und hatte es mir gerade so richtig kuschelig gemacht. Frauchen sagte kein Wort, das heißt nichts Gutes, sie scheint echt sauer zu sein. Ich tue mal wieder so, als würde ich nicht merken, dass ihre Stimmung sich schlagartig gewandelt hat. Und schon ist wieder Ärger im Haus! Hat man denn als Hund nie mal seine Ruhe? Und als Frauchen mich fragte, ob ich wohl einen an der Waffel habe, fühlte ich mich auch nicht angesprochen und wollte auch deswegen jetzt nicht meinen gemütlichen Mittagsschlaf unterbrechen. Und vom Sofa runter und auf dem harten Fußboden rum liegen, das wollte ich schon überhaupt nicht. Ich hob meinen Kopf, sah sie an und dachte mir, sicher meint sie mich gar nicht und schlief einfach weiter. Frauchen wird sich schon wieder beruhigen, und das mit dem Sofa, ist mir auch egal.

Rubys Hausstandsregeln und hat er überhaupt welche?

Mein Frauchen und ich hatten ja schon öfters Diskussionen über die Regeln, die in unserem Hausstand angesagt sind. Haben wir ein Ressourcen Problem? Oder haben wir ein Problem nur, weil ich auch mal auf dem Sofa liegen darf oder mich nachts in Frauchens Bett schleiche, um mich ganz eng an sie zu kuscheln, obwohl das Bett ja eigentlich viel zu klein ist für uns beide! Wir beide haben kein Problem damit, solange ich nicht die ganze Nacht neben ihr verbringen will und mich so ausbreite, als würde mir das Bett ganz alleine gehören. Mein Frauchen findet es wichtig, das ein souveräner Hundehalter seinem Familienmitglied auch gewisse Freiräume einräumt, ohne gleich das Gefühl zu haben, seinen Führungsanspruch zu verlieren, denn das gehört auch zu einer guten Mensch-Hundebeziehung dazu. Zum Glück nehmen wir es mit den Regeln nicht so peinlichst genau, ich darf vieles, aber auch nicht alles, und das ist auch gut so, sagt Frauchen. Viele dieser Hundebücher schmücken unsere Bücherregale, aber fast in jedem Buch nur Verbote, was der Hund möglichst alles nicht tun sollte. Wie schrecklich das brauchen wir nicht, wir leben so, wie wir es wollen, nicht so, wie andere es gerne hätten. Ich bin ein sehr glücklicher Hund, bei uns heißt es nicht Ruby du bekommst dein Frühstück erst, wenn Frauchen und Oma Katze fertig sind mit dem Frühstück, denn du bist der Rangniedrigste. Bin ich nicht, wir sind doch alle gleich, egal ob Mensch oder Tier. Bei uns gibt es klare Regeln, aber nicht dieses Rangordnungsgetue, denn wir frühstücken alle zusammen, und ich gehe auch mal als Erster durch die Eingangstür, wenn es gerade so passt, oder Besuch kommt, die kommen ja sowieso alle nur wegen mir, glaube ich jedenfalls. Und vom Tisch fällt auch immer mal etwas runter, wenn ich glück habe, vor allem wenn es Oma Katze nicht schmeckt, oder Frauchen gerade mal nicht hinschaut. Und rum liegen darf ich auch, wo ich will und nicht nur an bestimmten Plätzen, ich bin immer da zu finden, wo mein Frauchen ist, da braucht man gar nicht lange zu suchen, denn ich lasse sie nie aus den Augen. Ich bin Ihr Schatten, ich verfolge fast jeden Schritt von ihr und wache mit Argusaugen was sie gerade tut und wo sie gerade ist, mir entgeht nichts. An ihrer Mimik erkenne ich sofort, was sie als Nächstes vorhat, noch bevor sie es selber weiß. Und wenn ich sehe, das sie ihre Jacke holt bin ich schon schnell unterwegs und hole meine Leine, nicht dass ich hier noch vergessen werde, oder womöglich allein zu Hause bleiben soll, das würde mir gerade noch fehlen. Wer weis, was ich dann alles versäume, ich bin ein Hund, der sich zu benehmen weiß und darum habe ich nicht so viele Tabus. Ich würde nicht das Sofa oder das Bett verteidigen, es ist doch Platz genug für uns alle da, ich brauche zwar den meisten Platz, aber für Frauchen wird sich sicher auch noch eine kleine Ecke finden, um sich dann zu mir zu gesellen.

Wäre ich ein Mensch, wäre ich ein

…durchtrainierter Latino -Typ, ein Schönling, ein absoluter Macho, der Verführer der in der Sonne brutzelnde Strandchecker, der mit seinem teuren Surfbrett unter dem Arm geklemmt ganz wichtig die Strandpromenade auf und abläuft und sich hin und wieder dabei umdreht, um zu gucken, ob sich auch alle nach ihm umdrehen, wenn er hocherhoben Hauptes seine lange Haarpracht spazieren führt. Der coole Typ aus der Limonadenwerbung, mit den Bauchmuskeln aus Stahl und dem Waschbrettbauch. Bei mir ist es ja eher ein Waschbärbauch. Einer der mit seinen Beinen eine Nuss knacken kann, ein charmanter Herzensbrecher, der die Damenwelt mit seinen Blicken um die Finger wickeln kann. Ein Draufgänger, der keiner Versuchung widerstehen würde und in seiner Auswahl nicht sehr wählerisch wäre, der charmante und humorvolle Besserwisser, der seine Badeshorts ganz eng an seinen Adoniskörper trägt. Und auch die Haarfarbe wäre mir egal, ob Blond oder Braun, ich liebte alle Frauen. Obwohl meine große Liebe ja ein Rüde ist, vielleicht wäre ich ja auch, na ja, ist ja auch egal. Ich wäre die Romantik pur und ein Künstler in Sachen Verführung, und sicherlich unwiderstehlich oder vielleicht doch bloß ein liebenswerter Träumer. Eine gewisse Ähnlichkeit zwischen uns besteht ja wirklich, aber egal, ich bin zum Glück ja doch nur ein Hund.

Rubys Kurzbesuch
in einer Hundekita

Ja, ich war das erste Mal für ein paar Stunden in
einer Hundepension, als Frauchen und Oma Katze
sich zum Schoppen nach Hamburg aufgemacht
hatten. Aber ich brauche auch nicht mehr wieder-
zukommen, sagte die nette Dame am Empfang,
als mein liebes Frauchen mich doch früher wieder
abholen sollte, als eigentlich gedacht war. Als ich
sie sah, rannte ich als ginge es um mein Leben,
wir umpfotelten uns, als hätten wir uns tagelang
nicht gesehen. Für Frauchen waren die Stunden
schrecklich, für mich nicht so, denn ich hatte ja so
allerhand Blödsinn angestellt in der kurzen Zeit.
Das fand die Dame am Empfang allerdings auch.
Kaum dort angekommen, sollte ich erst einmal
zum eingewöhnen für eine kurze Zeit in ein sehr
schickes Zimmer, leise Musik für die Mittagsruhe
erklang im Hintergrund und eine fesche Hündin,
ganz nach meinen Geschmack war auch schon da.
Sie lag ganz friedlich in ihrem selbst mitgebrach-
ten Körbchen und hielt ihren Mittagsschlaf, und
dann kam ich, da war es vorbei mit der Mittagsruhe! Als ich einen Schritt auf die schwarzbraune
Schönheit zumachte, knurrte sie mich an und gab
mir zu verstehen, dass sie keinen Wert auf meine
Gesellschaft legte. Aber ich ließ mich ja nicht
gleich entmutigen und legte mich so richtig ins
Zeug, um ihr zu imponieren, leider ohne Erfolg.
Ich legte mich beleidigt auf meine Decke und

schmollte vor mich hin. Keines Blickes würdigte ich sie mehr, aber immer wenn sie die Augen geschlossen hatte, schielte ich zu ihr rüber in der Hoffnung, sie ließe mich an sich ran.

Als die nette Dame vom Empfang kam, um uns in den Garten zu lassen, war ihr Interesse geweckt und wir tobten gemeinsam durch den Garten, und durch die Beete, spielten mit allem, was da so rumlag, aber nicht mehr lange. Mein Interesse galt etwas ganz anderem, ich war in der Pubertät, ich war jung und wollte was ausprobieren, meine Hormone liefen Sturm und ich auch.

Als die Dame in den Garten kam und sah, dass ich auf der Hündin rumjuckelte, schrie sie mich an, ich solle das sofort nachlassen und da runter kommen.

Kaum von der Schönheit abgestiegen, fing sie sofort an nach mir zu schnappen, und fand mich jetzt nicht mehr so Klasse. Also sollte ich jetzt allein im Garten verweilen und die Schönheit ging mit ihr ins Haus zurück. Dann kam sie zurück, um mit mir Ball zu spielen. Ich hatte aber keine Lust und legte mich in die Mittagssonne zum Dösen, das wurde mir aber nach kurzer zeit zu langweilig, und ich setzte mich hin, und fing an zu bellen und zu jaulen wie ein Wolf. Dann fing ich vor lauter Groll an, ihren schönen angelegten Garten völlig zu zerwühlen, oder besser gesagt zu zerstören. Die nette Dame stellte noch schnell einen großen Napf mit Lecker Wasser hin, und gab mir noch eine kleine Schweinerei dazu, ein großes Schweineöhrchen, damit ich was zu tun habe, und nicht so viel rumnerve.

Als sie dann nach knapp zwanzig Minuten wieder in ihren Garten kam, dachte sie der Gärtner war da und hatte das Beet neu angelegt, denn nichts war mehr, wie es mal war. Ich wusste nicht wohin mit meinen Öhrchen und suchte verzweifelt nach einem geeigneten Platz, wo ich es in ruhe vergraben konnte, um es später wieder auszubuddeln. Also nahm ich mir das sehr schön angelegte Blumenbeet vor und entsorgte die mit Liebe eingepflanzten Begonien, Männertreu und was da sonst noch so blühte. Ja ich wühlte ganze Löcher in den sonst so gut aussehenden Rasen und schmiss beim Buddeln die Blumen alle auf den Rasen, so Öhrchen rein ins tiefe Loch, zubuddeln und fertig. So erstmal kurz ausruhen, dann zum Loch rübergucken, ob das wohl auch das richtige Versteck ist, oder doch lieber wieder aus buddeln, der Garten ist ja groß genug, da findet sich doch sicher noch ein Ort, wo es keiner finden kann. Ja der Birnenbaum in der Ecke lag schön versteckt, ich hatte meine Knochen zu Hause auch immer gern unter unserem großen Apfelbaum vergraben, also los, der Ort schien mir sehr geeignet, aber auch nur mir!

Also buddelte ich was meine Pfoten hergaben, ein tiefes Loch sollte es sein. So geschafft, Ohr rein, Loch zu und fertig, ich aber auch. Nach ein paar Minuten holte ich das Öhrchen wieder aus meinem Versteck und nahm mir noch schnell das Rosenbeet vor, das sollte es nun sein, der geeignete Ort für das für mich so wichtige Schweineöhrchen. Also Loch auf, Ohr wieder rein und fertig. Der Garten sah aus, als sei er frisch umgegraben worden, ich war jetzt in Spiellaune, meine Beute war an einem geheimen Ort, es konnte nichts mehr schiefgehen, ich war mir sicher, keiner außer mir wird es finden, wenn ich Glück habe. So aber wo steckt denn nur die nette Dame vom Empfang die war ja auch schon länger nicht hier, aber wo ist sie denn hin? Na gut, dann spiele ich eben alleine, ich nahm mir die Blumenreste und rannte wie ein junger Hund nur rennen kann im Garten umher, bis ich sie sah, Ihr Blick sagte alles und ich musste sofort ins Haus. Auf den Weg in mein Zimmer kamen wir in ihren sehr eleganten Eingangsbereich, und da stand sie, die riesige Palme, wo ich erstmal zur Begrüßung mein Bein heben musste, um ein paar Tropfen Markierung abzusetzen. Da war es vorbei, die nette Dame war jetzt überhaupt nicht mehr so nett, sie war total genervt und wartete auf Frauchens baldige Rückkehr, in der Hoffnung, dass ich bald das Weite suchte, denn sie war wohl etwas überfordert mit meinem Temperament! Als sie wegen meines lauten Bellens in mein Zimmer kam, traute sie ihren Augen nicht, ich hatte mir den Blumentopf von der Fensterbank geholt und kaute ganz genüsslich auf dem Korbübertopf herum. Danach klingelte Frauchens Telefon und die nicht mehr so freundliche Dame fragte mit leicht frostiger Stimme, wann sie denn wohl so ungefähr ihren Hund abholen wollte? Abgemacht waren ja so um die vier Stunden, also haben wir ja noch gut eine Stunde Zeit, meinte mein Frauchen. Sie wollte sich auch nur vergewissern, dass es bitte nicht länger dauern sollte. Sie hätte jetzt irgendwie keine Nerven mehr für Ruby, und sie müsste auch bald weg, um noch etwas wichtiges zu erledigen. Frauchen ahnte ja noch nicht, was da los war. Sie ließ mich keine Sekunde mehr aus den Augen, jeder Schritt von mir wurde mit großen Augen überwacht, bis es an der Haustür klingelte und mein Frauchen endlich kam, um mich abzuholen. Ich hatte die letzte Stunde sowieso nur auf der Decke rum gelegen und geschlafen, ich war müde, war ja auch ein anstrengender Tag für mich, ich hatte ja auch genug angestellt in der kurzen Zeit.

Ich freute mich so auf mein Frauchen, endlich kein Gemecker mehr, Ruby mache dies nicht und Ruby mach das nicht, oh wie schrecklich. Viele Hunde dürfen gar nichts, ich darf viel, aber auch nicht alles.

Kaum im Haus angekommen, musste Frauchen sich eine ordentliche Standpauke anhören und eine unfreiwillige Gartenbesichtigung über sich ergehen lassen. Ich freute mich auf mein Sofa zu Hause, sicherlich hatte Frauchen schon mal meine Decke in die richtige Position gelegt, so das ich nur noch darauf umfallen brauchte.

Aber nein, Frauchen sollte sich doch bitte mal kurz zu ihr setzen, um sich das ganze Ausmaß mal bildlich vorzustellen, was ich alles in der kurzen Zeit so verwüstet hätte. Also ich lag ganz lieb auf dem Boden und erweckte den Eindruck, als sprachen sie von einem ganz anderen Hund, und dann legte sie los. Ob es vielleicht daran liegen könnte, das ich mich bei ihr nicht wohlgefühlt hätte, und ob ich mich woanders auch so benehmen würde, oder ob ich vielleicht nicht genug ausgelastet wäre und eventuell auch etwas zu verwöhnt sei? So meinem Frauchen reichte das jetzt, und sie fragte was sie denn von einem jungen Hund erwarten würde, Ruby ist knapp zwei Jahre alt, natürlich hat er Flausen im Kopf und möchte beschäftigt werden, und nicht irgendwo ohne Aufmerksamkeit in einem stillen Kämmerlein verharren. Und außerdem hätte Ruby so etwas noch nie gemacht! Fast alle Hundebesitzer sagen" das hat er ja noch nie gemacht" stimmt nur meistens nicht, bei mir übrigen auch nicht. Frauchen zahlte und gab der Dame etwas mehr, so das sie sich wenigstens ein paar neue Blumen kaufen konnte, sagte noch das es ihr sehr leid täte, und das wir sie auch nicht mehr aufsuchen würden.

Sie war auch sehr erleichtert darüber und meinte, dass Sie es so nicht gemeint hätte, aber dass es vielleicht nicht der richtige Ort für Ruby sei. Frauchen und ich wollten auch weg und schon gar nicht mehr wiederkommen und zwar für immer. Anmeckern lassen kann ich mich auch zu Hause, wenn ich das wollte, dafür brauche ich nicht in einer Tierpension einzukehren!

Darf ich vorstellen, Rubys kleines Rasseportrait im Überblick

Ich bin ein amerikanischer Traum, obwohl ich persönlich noch nie dagewesen bin. Ich wurde am 15.1.2007 geboren und meine Widerristhöhe liegt bei 59 cm, ich bin sehr geschmeidig, kräftig und sehr gut Bemuskelt, jedoch ohne jegliche Schwere. Meine Gänge sind leicht, wie eine Feder. Meine Rumpflänge ist etwas größer als die Widerristhöhe, mein Fell ist weich, lang und hat drei schicke Farben. Ich bin ein Tricolor in Schwarz, Kupfer und Weiß. Meine Rute ist mittellang und an meinen Pfoten trage ich vier weiße Söckchen, meine Brusthaare sind weiß und lang wie die eines Championatssiegers, ich bin ein klasse Typ. Ich bin ein sehr vielseitig einsetzbarer Arbeitshund, sehr selbstständig, und mein Wille zu gefallen ist enorm. Wenn ich nicht genug Beschäftigung habe, suche ich mir selber welche. Sehr gern mache ich lange Spaziergänge in Wald und Feld, auch bade ich für mein Leben gern. Ich bin ein Schwimmhund und das Wasser ist mein Element.
Ich bin ein absoluter Familienhund und möchte überall dabei sein, ich lerne sehr schnell und das macht mir auch großen Spaß. Ich gehe gern zum Hundesport, Agility oder Fly-Ball finde ich richtig klasse, auch das Spielen mit meinen Freunden brauche ich, um ein ausgeglichener und glücklicher Hund zu sein. Ich brauche einen ruhigen und

konsequenten Halter, der viel Spaß daran hat, oft mit mir zu spielen, und viel zu unternehmen. Der sich mit mir beschäftigt und mich als volles Familienmitglied anerkennt. Ich bin sehr sensibel und möchte immer alles richtig machen, ich werde sehr gern viel gelobt und zeige auch meine Freude darüber, und danke es mit großer Zuverlässigkeit und Treue.

Für meinen Halter möchte ich immer der Mittelpunkt des Lebens sein, der beste Freund, für den ich bereit bin, alles zu tun!

Ruby mit seinem Lieblingsschaf

Wir backen
Rubys Lieblingstaler

Thunfischkekse in Knochenform

1. Dose Thunfisch im eigenen Saft
1. Dose Thunfisch in Öl
   Etwas Petersilie
1. TL, Honig
2. EL, Bierhefe oder Haferflocken
   Bei bedarf etwas Vollkornmehl zugeben

Grundrezept wie oben

Thunfisch in Öl, 2-3 EL Magerquark oder   Hüttenkäse, 1 Packung geriebenen Emmentaler Käse und etwas Petersilie, Basilikum oder Obst beigeben.
Alles vermengen, kleine Kügelchen formen und ab in den Backofen. Auf Ca 180 -200 Grad   dann 20 Minuten Backen

Alles in Kekstaler, Bällchen oder kleine Knochen formen, dann Ca 20 -30 Minuten bei 180-200 Grad in den Backofen schieben, abkühlen lassen und mit Genuss verspeisen.

Weitere Leckereien

Hundekekse mit Quark

150 Gram Quark

6 EL, Milch

6 EL, Sonnenblumen Öl

1 Eigelb

200 Gramm Hundeflocken mit Gemüse

Je nach Geschmack kann man noch Käse,

Leberwurst, Rinderhack, Honig, Schinken oder

Leberkäse hinzufügen oder etwas Obst

Ca 30 Minuten bei 200 Grad im Backofen Backen.

Rubys Weihnachtsgebäck

250 Gram Vollkornmehl

150 Gram Hüttenkäse oder Magerquark

2-3 kleine Karotten geraspelt, eventuell

   Ein paar Kräuter dazu geben

2 Eigelb

1 EL, Distelöl

1 TL, Honig

1 kleinen geraspelten Apfel

Ca 20 Minuten im Vorgeheizten Backofen auf

150-180 Grad backen.

Ein Versteck im Kornfeld

Das macht Spaß, denn es ist Sommer und die Felder sind jetzt alle abgemäht und das Stroh liegt lose auf dem Boden rum. Wir gehen oft zum Spielen in die Felder, und ich versteckte mich gleich mal unter den hohen Strohhaufen. Frauchen kann mich ja zur Abwechslung auch mal suchen gehen. Wir rannten gemeinsam auf dem Acker umher und spielten Frisbee, als ich mich mit Wonne zwischen einen hohen Berg mit Stroh geschmissen hatte, um mich zu verstecken. Nur ein kleiner Schlitz ließ mir etwas Sicht, um mein Frauchen mit meinen Bambi Augen zu beobachten.
Ich bin dann mal weg, und mein Frisbee leider auch.
Verstecken spielen, das macht Laune! Erst als sie mich zu suchen anfing und ganz dicht vor mir stand, sprang ich wie eine Gazelle mit einem riesigen Satz aus dem Stroh um mich gleich hinter einem gepressten Strohballen zu verstecken. Als ich Frauchen kommen sah, ging ich in geduckter Haltung um den Ballen herum, ohne das sie mich sehen konnte, das war sehr lustig und mal was ganz anderes, und gefunden hat sie mich auch nicht. Ich machte mich so lang und flach, ich sah aus wie eine Katze, so dass nur mein Kopf um die Ecke des Ballen schaute. Erst als ein Hase meinen Blickwinkel kreuzte, schoss ich wie der Blitz hinter dem Strohballen hervor, und rannte hinter den Hasen her, als ginge es um mein Abendbrot. Kaum aus den Startlöchern gekommen, kam auch schon ein lautes

Pfeifen aus Frauchens Tröte.   Ich überlegte kurz, was denn nun wichtiger wäre, der Hase oder doch lieber hören? Ich habe mich für das Hören entschieden, den Hasen bekomme ich sowieso nicht, den Ärger kann ich mir dann ja auch sparen, und Frauchen freut sich auch, wenn ich so gut höre, und ein dickes Lob gibt's gleich noch dazu.

Mein Kleiner Rackerdoll

Eine Liebe auf 4 Pfoten

Rubys lustige Strandtipps:

Ganz viel Sonnenschein, ein strahlend blaues Meer, viele hundefreundliche Menschen und noch mehr friedliche Hunde. Eine große Hundedecke, einen riesigen Napf zum Wasserschlabbern, ganz viel frisches Hundewasser, ein paar leckere Zwischensnacks und einen Sonnenschirm.
Ein großes Handtuch zum Abtrocknen, Bellos Lieblingsspielzeug, zum Beispiel ein Frisbee, ein Ball und ein Schwimmhuhn oder Schwimmring, noch ganz viel gute Laune mitbringen, in der Hoffnung, nette Hunde zum spielen zu treffen. Eventuell etwas Sonnencreme für die hellhäutigen Hunde, mit einer Toffifee Nase im Gesicht. Möglichst nicht bei fremden Strandbesuchern mit den nassen Pfoten über die Handtücher latschen, um dort den nassen Pelz abzuschütteln, ist nicht so gern gesehen.
Anderen Hunden das Spielzeug klauen kann sehr lustig sein, muss es aber nicht, kann auch mal etwas Ärger geben, wenn der Andere keinen Spaß versteht, dann klaut man sich eben woanders eins. In fremden Strandbeuteln schnüffeln, ist verboten! Lieber mal schauen, ob Frauchen nicht auch eine kleine Leckerei eingepackt hat, erspart unter umständen auch etwas Ärger für Hund und Halter. Ach und nicht zu vergessen, viele Tüten, um die Hinterlassenschaften am Strand einzusammeln, erspart auch viele unfreundliche Gespräche mit Menschen, die man gar nicht kennt. So nun steht einem lustigen Strandtag nichts mehr im Wege,

Ruby wünscht allen Hunden und Haltern, ein tolles Badevergnügen und einen relaxen Tag am Sonnigen Strand.

Ruby im Kornfeld

Was kommt alles in Rubys Reisegepäck?

1. Impfausweise \ Versicherungsdokumente Einreisedokumente.

2. Bei Vorerkrankungen des Hundes den Bericht Vom Tierarzt mitnehmen.

3. Die Lieblingsdecke\ Körbchen des Hundes.

4.Pflegemittel \ Bürste & Kamm.

5. Vertraute Schüsseln für Futter & Wasser.

6. Genügend Futtervorrat\Leckerlis für den Urlaub.

7. Hundespielzeug, eventuell Schwimmspielzeug.

8. Eine Leine, Halsband, Ersatzleine und Ersatzhalsband.

9. Adresskapsel an dem Halsband anbringen mit der Urlaubsadresse & der Heim Adresse

Sowie einer Telefonliste vom Tierarzt &Angehörigen

Rubys Reisetipps:

1. Ist der Hund Reisetauglich und Gesund?

2. An die Impfung denken, die das jeweilige Land
   verlangt\ Impfausweis.

3. Welches Verkehrsmittel für die Reise
   in den Urlaubsort ist für den Hund das Beste?

4. Eine Notfalltasche sollte immer dabei sein,
   auch Medikamente, die der Hund täglich
   braucht, oder für eventuelle Verletzungen\ Unfall
   des Hundes.

5. Der Hund muss sich erst langsam an die
   neue Umgebung und an das Klima im
   Urlaubsort gewöhnen.

6. Reichlich Pausen einlegen und viel Wasser
   mitnehmen, weil der Hund von der langen Fahrt
   und vor Aufregung oft sehr durstig ist.

7. Einen gemütlichen Platz schaffen,
   damit der Hund sich auch hinlegen kann.

Buchvorstellung:

Mein kleiner Rackerdoll -
Eine Liebe auf 4 Pfoten
Der 1 Teil aus Rubys bunter Welt.

Eine niedliche Hundegeschichte über einen jungen, lustigen und sehr charmanten Australian Shepherd, der die Welt entdeckte. Mein Glücksfell auf 4 Pfoten. Humorvoll, selbstironisch und zum Schmunzeln komisch. Für alle Hundeliebhaber oder solche, die es werden wollen. Das Buch hat 60 Seiten inklusive 15 Ruby Bilder und kostet 8,90 ISBN 978-3-8370-2361-9 zu Bestellen über den Bod- Verlag, Amazon, oder im Buchhandel.